KB020470

DREAMBOOKS

루비와 황금저울

2

렘넌트 판타지 장편소설

ORIGINAL FANTASY STORY &ADVENTURE

dream
books
드림북스

루비와 황금저울 2

초판 1쇄 인쇄 2017년 8월 23일
초판 1쇄 발행 2017년 9월 4일

지은이 렘넌트
발행인 오영배
기획 박성인
책임편집 편집부
디자인 권지연
제작 조하늬

펴낸 곳 (주)삼양출판사 · 드림북스
주소 서울시 강북구 도봉로 173
대표 전화 02-980-2112 **팩스** 02-983-0660
편집부 전화 02-980-2116 **팩스** 02-983-8201
블로그 blog.naver.com/dreambookss
출판등록 1999년 3월 11일 제9-00046호

ⓒ 렘넌트, 2016

ISBN 979-11-313-0668-0 (04810) / 979-11-313-0666-6 (세트)

드림북스는 (주)삼양출판사의 판타지 · 무협 문학 브랜드입니다.

루비와
황금저울
2
렘넌트 판타지 장편소설
ORIGINAL FANTASY STORY &ADVENTURE
dream
books
드림북스

Contents

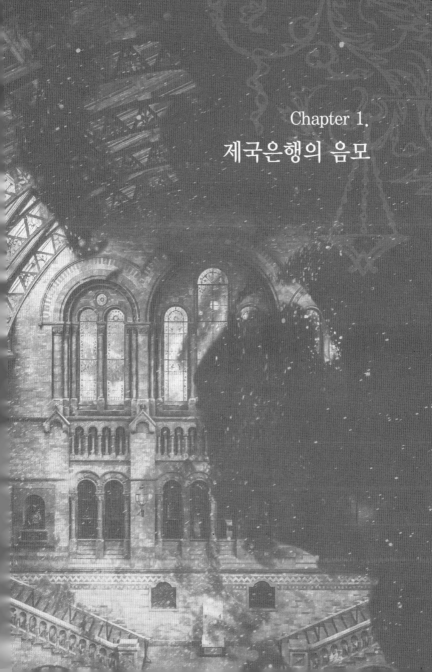

Chapter 1.

제국은행의 음모

제국 아카데미는 공개 입찰에서 이루어진 윌 상단과 다른 상단들의 담합 사실을 밝혔다. 황실에서는 불법을 저지른 상단들에 대해 유감을 표하고, 아카데미 측에 맥주를 제외한 품목들에 대해 유찰을 명령했다.

아카데미 납품 업체 결과를 발표하는 자리.

그 자리에 뜻밖의 거물이 등장했다.

노틸러스 제국의 모든 재정을 책임지는 골드만 재무대신도 이번 사건에 끼어들었다.

재무대신은 상단주들기 희생들이 모인 아카데미 본관에

서 이번 입찰은 유찰되었음을 공표하고, 부정행위에 가담한 상단들에 대해 철저히 조사할 것을 약속하였다.

황실에 이어 행정을 책임지는 원로원까지 나서서 공정한 수사를 펼치겠다는 발표를 하자 상단계는 충격에 휩싸였다.

4대 상단이 고작 아카데미 납품에 실패했다는 것도 문제지만, 제국의 모든 시선이 이 사건을 지켜본다는 것이 더 큰 문제였다.

그동안 상단들은 제국은행의 감사 이외에 누구의 간섭도 받지 않을 정도로 막강한 영향력을 가지고 있었기 때문이다.

이번 재무대신의 발표는 황실과 귀족, 상인들이 서로의 영역에 침범하지 않는다는 암묵적인 규칙을 깨버렸다.

고작 아카데미 입찰 사건 하나로 제국 권력의 아슬아슬했던 균형의 추는 조금씩 기울어졌다.

제국은행이 설립된 후, 황실과 귀족들은 탈세와 물가 안정이라는 명분에 밀려 수세에 몰렸다. 명분을 가지고 발표하는 제국은행의 정책을 손가락만 빨면서 구경할 수밖에 없었다.

특히 화폐개혁법이라는 무기를 가지고 몰아치는 제국은행의 공격에 당하기만 하던 황실과 귀족들은 아카데미 납품 입찰 비리 사건을 계기로 벌 떼처럼 달려들었다.

황실과 귀족들은 제국은행의 행동 대장격인 4대 상단들이 작은 틈새를 보이자 국세청까지 동원하며 상계를 압박했다.

그러나 상단계에 나쁜 소식만 있는 것은 아니었다.

4대 상단의 횡포에 남아 있는 부스러기만 주워 먹던 중소 상단들은 새로운 신성의 등장에 환호했다.

그동안 중소 상인들에게 4대 상단은 악마 같은 존재였다.

4대 상단의 횡포도 무섭지만, 그 뒤에 자본을 지배하며 4대 상단을 보호하는 제국은행이 있기 때문이다. 제국은행을 등에 업은 4대 상단에게 대항한다는 것은 망하겠다고 선언하는 것이나 다름없다.

A&M 투자상단.

투자상단이라는 다소 생소한 이름과 어떤 물품을 취급하는지도 불분명한 신생 상단이 4대 상단을 꺾었다는 소문은 삽시간에 상인 지구를 강타했다.

비록 입찰에서 작은 품목 하나를 따낸 것에 불과했지만 4대 상단과 경쟁하여 이겼다는 사실은 '4대 상단도 무적이 아니다. 그들도 질 수 있다.'라는 교훈을 남기며 상단계에 작은 바람을 일으키고 있었다.

기대 상단의 횡포에 속수무책을 당히던 중소 상인들 마음

속에는 '어쩌면 우리도……' 라는 작은 희망이 피어났다.

그리고 그들은 주목했다.

4대 상단과의 첫 싸움에서 승리의 깃발을 꽂은 A&M 투자상단의 다음 행보를.

＊　　＊　　＊

A&M 투자상단 고문 사무실.

원래 상단주의 방이었지만 상단 고문 사무실로 바뀌었다. 아카데미에 입학한 아카드 때문이다.

'학생은 아카데미 내에서 이익행위를 조장하는 그 어떤 행위도 할 수 없다.' 라는 교칙 때문에 A&M 투자상단의 마스터는 급하게 바뀌었다. 아카드는 상임 고문이라는 자문 역할로 바뀌고, 부마스터인 토마스가 마스터로 승진하였다.

야심한 밤.

A&M 투자상단 2층, 상단 고문 사무실에서 두 사람의 대화 소리가 들렸다.

"요즘 고민 있으십니까?"

"무슨 일 있어 보여?"

"얼굴이 엄청 피곤해 보입니다."

토마스는 아카드의 얼굴 양쪽을 살펴보며 고개를 갸우뚱거렸다. 아카데미 입찰 때문에 신경 써서인가? 아카드의 얼굴이 반쪽이다.

"별일 아니니까 신경 쓰지 말고, 일 이야기로 넘어가지."

아카드는 요즘 일어나고 있는 이상 현상에 대해 말을 아꼈다. 남들이 들으면 미쳤다고 하기에 딱 좋은 소재다.

'아, 미치겠네. 요즘 왜 이러지?'

투명 구슬을 만지고 난 뒤부터 잘 때마다 바람 소리가 말소리처럼 느껴진다. 그것도 좀 부드러운 말투면 억지로라도 눈을 붙이겠는데, 비아냥거리거나 열 받게 하는 말이 대부분이다.

그 때문에 밤에 자는 것이 무섭다. 그래서 며칠 뜬눈으로 밤을 새웠더니 하품만 나온다.

아카드는 빨리 토마스를 보내고 한숨 자고 싶은 생각에 일 이야기를 꺼냈다.

"경매 따 내느라 고생했어. 총장 올 때까지 시간을 잘 끌었더군."

"말도 마십시오. 제가 얼마나 개고생……."

"맥주 생산은 차질 없나?"

아카드는 단칼에 토마스의 말을 잘라 버렸다. 저놈의 하소연은 결국 지리지칸으로 끝난 것이 뻔하기 때문이다.

"쳇."

자신의 고생을 몰라주는 상사의 모습에 토마스는 투덜거리며 보고를 시작했다.

"지금까지는 구시가지에 한해 판매했기 때문에 별문제 없었습니다. 그러나 제국 전체, 나아가 수출까지 생각한다면 생산 시설을 늘려야 한다고 판단됩니다."

"누구에게 맡길 생각이지? 또 네가 직접 나서려는 건 아니겠지? 이제 너는 이 상단의 간판이야. 바지사장이긴 하지만 상단의 마스터가 모든 일에 나서는 건 상단의 품위를 떨어뜨릴 수 있어."

'바지사장'이라는 단어에 토마스가 인상을 구겼다. 토마스는 앞에서 입꼬리가 올라간 아카드를 째려보며 보고를 계속했다.

"그렇지 않아도 새로 들어온 신입 사원들에게 과제로 내줄 생각입니다."

"괜찮을까? 토지 매입은 법률적인 문제도 걸려 있는데, 애송이들이 잘 해낼 수 있을까?"

"담당을 법무팀으로 지정했으니 로우 과장이 잘 알아서 하겠지요. 이제 어엿한 마스터의 위치에서 그런 것까지 일일이 관여할 수는 없지 않겠습니까, 고문님? 하하하."

토마스는 까불거리며 자신이 상단의 마스터임을 내세웠

다.

"그런데 마스터, 어떻게 한 겁니까?"

"뭐?"

"레이놀드 총장 말입니다. 사적인 부탁은 절대 들어 줄 분이 아닌데 말입니다. 깜작 놀랐습니다."

"돈으로 발랐지."

"네? 돈이요?"

"돈 앞에 장사 있어?"

토마스의 눈이 커졌다.

'그럴 양반이 아닌데, 설마 뇌물에 청탁을 들어줄 정도로 변했나?'

토마스가 생각하는 레이놀드 총장은 어떤 유혹에도 흔들리지 않는 철의 심장과 세상의 이치를 통달한 정신을 가지고 있다. 괜히 사람들이 레이놀드 총장을 향해 현자라고 부르는 것이 아니다.

그런데 돈의 유혹에 넘어갔다?

토마스는 어두워진 안색으로 이어질 아카드의 말을 기다렸다.

아카드는 궁금해 미치겠다는 표정으로 자신을 바라보는 토마스를 외면하며 쌀쌀한 표정으로 자리에서 일어났다.

"에이. 마스터, 제발 알려주세요."

간절한 토마스의 질문에 아카드는 한숨을 푹 내쉬었다.

"연말에 아카데미에 기부 좀 해야 할 거야."

"어느 정도 금액으로?"

"아카데미에서 판매하는 맥주 수익의 5% 정도면 만족하겠지."

"기부를 조건으로 부탁한 겁니까? 아무리 기부금이라도 제가 아는 총장이라면 그런 부탁을 들어줄 사람이 아닌데."

"부탁을 들어주긴 뭘 들어줘? 총장 부탁을 내가 들어준 건데."

"네? 이해가 잘……."

"아카데미에 기생하는 쓰레기 상인들에게 한 방 먹여달라는 부탁을 내가 들어준 거라고."

"아! 이번 아카데미 경매 건을 통해 곪은 부위를 터트리고, 외부에서 공격하는 제국은행은 귀족을 통해서 막는다?"

"그렇지. 아무리 총장이라 해도 제국은행과 4대 상단 앞에 홀로 맞서기는 힘들지. 그래서 귀족을 끌어들이라고 조언을 해 준 거고."

"그래서 버티라고 명령하신 거군요."

"능구렁이 영감만 좋은 일 시킬 순 없잖아. 우리도 얻는 게 있어야지. 그래도 왠지 손해인 느낌이란 말이지. 부탁은 부탁대로 들어주고 기부금도 바치라니!"

아카드는 총장과의 독대에서 기부금을 내놓으라는 협박에 굴복했다. 기부금을 내놓지 않으면 입찰을 무효화하겠다는 총장의 압력 때문이다.

아카드에게 사건 전말을 듣고 난 토마스는 만족스러운 표정으로 고개를 끄덕였다.

자신이 존경하는 총장님의 변하지 않은 모습을 확인해서 좋았고, 상단도 엄청난 이득을 얻었으니 이 이상 좋을 수 없었다.

이번 아카데미 입찰로 인해 A&M 투자상단이 얻어낸 이익은 네 가지였다.

첫 번째, 시중에서 판매하는 윌 상단의 맥주보다 10% 높은 가격으로 아카데미에 맥주를 공급하게 되었다.

윌 상단을 비롯한 다른 상단들이 써낸 금액은 담합으로 인해 무효로 처리되고, 결국 A&M 투자상단이 써낸 금액만이 인정되었다.

두 번째, 안정된 거래처를 얻었다.

어음이 아닌 현금으로 물품 대금을 지급하는, 아카데미라는 안정된 거래처를 통해 상단이 꾸준히 성장할 수 있는 발판을 얻었다.

세 번째로 구시가지를 벗어나 새로운 시장에 진입할 수

있는 기회를 얻게 되었다.

그동안 맥주 시장은 윌 상단의 독점으로 인해 구시가지 이외의 시장에는 진입할 수 없었다.

그러나 이번 입찰을 통해 A&M 투자상단에서 선보이는 맥주는 구시가지를 벗어나게 될 것이다. 신시가지 중앙에 위치한 아카데미에 공급하게 되면서 새로운 시장을 확보할 수 있는 기회를 얻었다.

네 번째로 엄청난 홍보 효과를 얻게 되었다.

미래의 고객이 될 아카데미 학생들에게 기존의 맥주와는 차원이 다른 A&M 투자상단 맥주의 우수성을 알리고, 나아가 미래의 충성 고객을 얻었다는 것이 가장 큰 소득이었다.

"일단 그 문제는 천천히 생각해. 어차피 올해가 가기 전에 기부하면 되니까. 그건 그렇고 정보길드는 알아봤어?"

아카드는 예전에 부탁해 두었던 건에 관해 물었다.

"아, 조금만 기다려 주세요. 조사해봤는데 분류하는 데 시간이 좀 걸릴 것 같아요. 아무래도 블라디우스 집사님께 조언을 구해야 할 것도 있고요."

토마스는 머리를 긁적였다.

제국 수도답게 정보길드의 숫자는 많았다. 하지만 대부분의 길드들이 제국은행 영향권 아래에 있었다.

그렇다 보니 믿고 의뢰할 수 있는 정보길드는 사실상 눈

씻고 찾아봐도 없었다.

"너무 오래 끌지 마. 아카데미 입찰 건 때문에 귀족들과 상인들 분위기가 말이 아니야. 제국은행에서 제안한 화폐실 명제 때문에 크게 한판 붙을 기세니까 빨리 알아봐. 그 둘 사이에서 우리가 살아남기 위해서 정확한 정보는 필수야."

"분류 작업이 끝나면 바로 진행하겠습니다. 그런데 이번 아카데미 입찰 건, 테디에게 알리고 진행해야 하지 않았을까요? 그래도 명색이 담당자인데."

"괜찮아. 구시가지나 잘 관리하라고 해."

"그래도 느낌이 안 좋은데……."

쾅!

상단 고문 사무실의 문이 덜컥 열리고 한 사람이 씩씩대며 걸어왔다.

"노크 좀 하지?"

아카드의 비아냥거림에 한 사람이 토마스 앞에 섰다.

"진짜 너무한 것 아닌가요? 아무리 임시 직원이지만 명색이 담당자인데, 경매 입찰이 있으면 언질이라도 줄 수 있잖아요. 얼마나 마음 졸였는지 아세요?".

"언질 주면? 할 수 있는 거라도 있고?"

"뭐예요? 지금 그걸 말이라고 해요!"

아카드의 비아냥거림에 테디가 금방이라도 달려들 기세

다. 토마스는 테디를 막으며 양팔로 두 사람 사이를 가로막았다.

"테디, 잠시만 진정하고…… 그게 고문님의 지시로 급하게 진행된 사항이라……."

"저도 명색이 이 상단의 직원이라고요. 상단의 큰일에 관한 건 알 자격이 있다고요!"

"테디, 우리 나중에 조용할 때 이야기하자구."

토마스는 흥분한 테디의 입을 막고 밖으로 나가려고 했다. 아카드의 얼굴 표정이 심상치 않았기 때문이다.

"우읍! 이거 놔요."

테디가 토마스의 손을 뿌리치려는 순간.

역시 예상대로 아카드는 불같은 표정으로 소리를 질렀다.

"쟤를 자르든지, 토마스 네가 나가든지 선택해!"

*　　　*　　　*

제국은행장실.

거친 손짓에 테이블에 있던 유리잔이 벽에 부딪치며 깨졌다.

"입이 붙어 있으면 말을 해봐!"

4대 상단의 상단주들과 제국은행 상단감찰위원회 위원

을 맡고 있는 지방 귀족들이 침통한 표정으로 앉아 있었다.

"이거 보여? 재무대신 따위가 제국은행을 조사한다는 공문서야! 네놈들은 얼마나 나에게 수치를 줄 텐가?"

"면목 없습니다."

소로스 은행장은 상단주들과 감찰위원들에게 종이 하나를 거칠게 흔들었다.

황제의 직인이 떡하니 찍힌 수색영장.

상단들을 감찰할 의무가 있는 제국은행의 감사 보고를 제대로 못 믿겠으니 재무부에서 그동안의 조사 자료를 가져가겠다는 공문이 내려왔다.

100년 전 시민 혁명 이후 세워진 제국은행은 그동안 독립 기관으로 외부의 간섭을 받은 적이 없었다. 그러나 이번 담합 사건이 발생하고 재무부가 직접 나서게 되면서 설립 이후 최초로 외부의 조사를 받게 되었다.

수색영장에는 황제의 직인까지 찍혀 있었다. 황제까지 관심을 가지고 있는 사건이기에 재무부의 조사를 피하기는 어려워 보였다.

제국은행이 제안한 화폐실명제 때문에 중앙 귀족들의 모임인 원로원은 바싹 독이 올랐다. 이 사건을 계기로 제국은행의 약점을 이 잡듯이 찾아낼 기세다.

일이 터지자 제국은행은 서둘러 약점이 잡힐 만한 증거

자료를 은밀히 소각하거나 옮겼다.

그러나 아카데미 경제학과 귀족 엘리트들이 모여 있는 재무부에서 마음먹고 파헤치면 회계 자료만으로도 상당한 약점이 잡힐 수 있었다.

특히 윌 상단은 벌써 재무부에서 휩쓸고 간 상황.

그동안 윌 상단이 받아왔던 대출 특혜 정도는 금방 드러날 것이다.

"네놈들 자리 유지하고 싶으면 당장 대책을 내놔! 재무대신 따위가 이 방으로 쳐들어오는 꼴 보기 싫으면 방법을 생각해내야 할 거야."

소로스의 천둥 같은 고함 소리에 은행장실은 쥐 죽은 듯이 조용해졌다.

이곳에 모인 은행 임원들은 자신에게 불똥이 튈까 싶어서인지 은행장이 자신을 쳐다볼까 싶어서인지 대부분 고개를 푹 숙이고 있었다.

"이슈는 이슈로 덮는 것이 정석이지요. 극단적으로 더 큰 사건을 터트려서 막는 것이 좋을 것 같습니다."

나이가 지긋한 임원들을 제치고 겁 없이 나선 이는 의외로 젊은 청년이었다. 얼마 전, 소로스가 눈여겨 볼 정도로 두각을 드러낸 밀 가문의 장남 밀튼이다.

"응? 자세히 말해봐."

은행장은 그의 말에 흥미가 동했는지 고개를 끄덕이며 계속하라는 몸짓을 보냈다.

"이번 일을 통해 원로원에서는 화폐실명제를 막으려고 안간힘을 쓸 겁니다. 저희는 그들의 공격을 막아야 하는 상황입니다."

"그렇지. 그래서?"

"아무리 잘 막는다고 해도 제국은행 이미지에 상처밖에 남지 않을 겁니다. 저들도 바보가 아니라면 우리가 대출 특혜를 줬다는 사실 정도는 알아챌 겁니다."

"그리고 비웃겠지. 저런 멍청이들에게 특혜를 줬다고 말이야."

소로스 은행장은 자신의 시선을 피하는 4대 상단주들을 노려보며 말했다.

"그렇습니다. 이렇게 되면 그동안 저희가 내세웠던 시민을 위한다는 명분은 약해지고 화폐실명제 실행에 제동이 걸릴 겁니다."

"그래서 저들을 치자? 무엇으로?"

"저들이 그동안 숨겨두고 찾아가지 못한 귀족들 차명계좌의 실체. 그것을 황제에게 슬쩍 알리는 것은 어떨까요?"

"황제에게 힘을 실어주자? 우리가 위험하지 않을까? 원로원이 아무리 약해졌다고 해도 제국에서 천 년 가까이 살아남은 구렁이들이야. 당장이라도 황실과 우리를 엮어서 공격을 하려고 할걸?"

탁!

밀튼은 탁자를 치며 눈을 반짝거렸다.

그러자 고개를 숙이고 있던 4대 상인을 비롯해 신시가지의 거물 상인들까지 그에게 시선을 집중했다.

"그래서 이 계획에는 숨겨진 또 하나의 계책이 더 필요합니다."

밀튼의 입에서 솔깃한 계략들이 쏟아져 나왔다.

"흐음. 뭐지?"

소로스 은행장은 호기심 어린 표정으로 밀튼을 주시했다. 방금 전의 분노가 사라질 만큼, 은행장은 점점 이 청년의 이야기에 빠져들고 있었다.

* * *

겨울을 앙상하게 보냈던 마른가지들에 생명의 기운이 솟아났다.

한 달 전만 해도 벌거벗었던 나무들이 형형색색 서로의 결과물들을 자랑하고 있을 때 아카데미의 첫 행사가 시작된다.

바로 MT다.

"자, 이제 여러분들이 기다리던 MT 날이 코앞에 다가왔어요."

"교수님, 언젭니까?"

"4월의 첫째 주 목요일로, 1박 2일로 결정되었어요. 끝나고 나면 바로 주말이니 이틀이나 더 쉴 수 있죠."

1학년 A반 학생들은 자신들의 담당교수인 마가렛 교수의 MT 발표에 모두 들떴다.

"저희 반만 갑니까?"

"예. B반은 따로 가게 됐어요. 대신 행정학부 전체가 함께 간답니다. 여러분의 선배들과 친해질 수 있는 절호의 기회가 되겠죠?"

담당교수가 학년 전체를 관리하기에는 인원수가 많기 때문에 주로 50명씩 두 반으로 나눠서 관리했다. 기준은 지원 학부에 따라 나뉘게 된다.

크게 행정학부와 군사학부로 나뉜다. 행정학부와 군사학부가 각각 50명씩이니, 4학년까지 합치면 총 200명이 MT에 참여하게 된다.

선후배간의 교류를 통해 학교생활에 적응하고 함께 성장하라는 의미로 모든 학년의 참여를 유도하고 있었다.

"MT는 어디로 가나요?"

"글쎄요. 어디로 가게 될까요?"

마가렛 교수는 아이들의 궁금해하는 표정을 보는 것이 즐거운지 시간을 약간 끌었다. 대부분의 학생들은 마가렛 교수의 입 모양에 집중했다.

단 한 사람을 제외하고는.

"도대체 저런 걸 왜 하는 거지?"

아카드는 MT라는 말에 인상을 찌푸리며 궁시렁거렸다. 수업시간에 졸면서 체력을 보충하고 밤에 토마스의 보고를 받으며 사업을 진두지휘하는 그로서는 하루 정도의 공백이라도 별로 달갑지 않았다.

"여러분의 선배들까지 참석하면 200명 가까이 된답니다. 인원수가 많죠?"

"네!"

"전통적으로 3월의 MT는 제국의 황제님과 원로원장님, 그리고 제국은행장님이 제공해 주시는 장소 중에서 하나를 제비뽑기로 결정하게 된답니다. 그래서 제가 뽑은 올해의 MT장소는…… 짜잔!"

아이들의 집중된 시선에 마가렛 교수는 환하게 웃으며 쪽지를 펼쳤다.

아이들의 엄청난 함성소리가 울리는 가운데 담당교수 손에 있는 쪽지에는 'Gold Land'라는 글자가 보였다.

제국은행 연수원인 골드 랜드.

골드 랜드는 제국은행 소유의 땅으로, 상단 고위층들이 이용하는 교육 장소이자 신입 사원 연수원으로 사용하는 장소다.

제국의 수도 그라프 동쪽에 위치한 덕분에 세 시간이면 도착할 수 있는 거리에 있기에 1박 2일 MT 일정으로는 최적이다. 또한 사방이 울창한 숲으로 둘러싸여 있고 호텔을 능가하는 호화로운 숙박시설과 승마장, 사냥터, 양궁장까지 갖추고 있어 재학생들이 가장 선호하는 장소이기도 했다.

MT 참석이 필수가 아닌 2학년 이상의 재학생들은 골드 랜드만 골라가는 학생도 있었다. 그만큼 제국은행이 행정학과 학생들에게 취업순위 1위로 꼽힐 만큼 선망의 직장이라는 반증이기도 했다.

"여러분의 환호성을 들으니 제가 뿌듯하네요. 여러분, MT 장소가 마음에 드십니까?"

"네!"

아카드를 제외한 모든 학생들이 들뜬 표정으로 대답했다.

'마음에 안 들어. 하필 제국은행 연수원이라니.'

아카데미 입찰 비리 문제로 4대 상단 하나가 쑥대밭이 되었다. 입찰 비리 문제고 최대 수혜자가 된 것은 바로 이카드 소유의 A&M 투자상단이다.

4대 상단 뒤에 제국은행이 있다는 것은 공공연한 사실이다. 제국이 들썩이는 사건이 터진 마당에 A&M 투자상단의 실질적인 소유주가 제국은행의 연수원에 간다는 것은 적진에 간다는 것을 의미한다.

아카드가 복잡한 상황에 책상 위에 길게 엎드렸을 때, 그를 노리는 붉은 머리의 소녀가 그의 옆에 앉았다.

"아카드 공자, 너무해요."

아카드가 피곤한 표정으로 옆을 돌아보니 붉은 단발의 귀여운 소녀가 손가락을 입에 물고 몸을 비틀었다.

"뭐가?"

"저 기억 안 나요?"

어떻게 기억이 안 날 수 있을까?

면접 날부터 졸졸 따라다니던 마카디아 가문의 막내딸, 마로니에 영애였다.

아카드가 조기졸업 신청을 통해 1학년 전 과목 테스트를 합격한 뒤 2학년 수업을 듣게 되어 그동안 잊었던 얼굴이다.

그러나 아직까지 아카드의 담당교수는 마가렛이기 때문에 중요한 행사나 전달사항이 있을 때는 1학년 강의실에 와야 했다.

마로니에는 이 틈을 놓치지 않고 재빨리 아카드 옆자리

에 앉아 그녀답지 않은 애교를 부렸다.

"저기 아카드, MT 갈 때 뭐 타고 갈 거예요? 제 마차에 함께 타고 가실래요? 이번에 새로 뽑았는데 드워프가 제작한 마차라 승차감도 좋고 장거리 여행에 끝내준……."

"드워프가 만든 거라고?"

아카드가 드워프가 만들었다는 말에 큰 관심을 보였다.

'남자아이들에게 관심을 끌기에는 마차가 최고라는 오빠 말이 맞았어. 이 기세로 아카드가 내 것이라는 걸 아카데미에 알리는 거야!'

마로니에의 생각은 오판이었다.

아카드는 마차가 아닌 그녀의 입에서 난데없이 튀어나온 드워프라는 단어에 집중했다.

'드워프가 또 있었나?'

A&M 투자상단에서 주류 프로젝트를 진행하게 되면서 아카드도 다른 기술을 가진 드워프들을 더 모아 보려 알아본 적이 있었다.

하지만 구시가지 전체에 기술을 가진 드워프는 선술집 주인 라거뿐이었다.

지금은 A&M 투자상단의 맥주 마스터라는 직함을 가진 라거는 대륙전쟁을 피해 북쪽에서 피난 온 다른 드워프들 중 장인급의 드워프는 고른다고 했다.

대륙전쟁으로 인해 진 제국과 무역이 단절되어 드워프가 만든 물건은 수입이 금지되었다.

'마로니에가 드워프가 만든 마차를 구입했다는 것은 진 제국에서 밀수했거나 짝퉁이거나, 아니면 다른 곳에서 드워프들을 가둬 놓고 찍어낸다는 소린데.'

아카드는 마로니에를 통해 드워프들의 행방을 알아보려고 했다. 알아내기만 하면 곧바로 사람을 보내어 데려올 생각이다.

그러나 아카드의 시도를 방해하는 사람이 있었다.

"아카드 군!"

아카드가 고개를 들어보니 담임 교수인 마가렛 교수가 자신을 부르고 있었다.

"아카드 군은 상담할 이야기가 있으니 교무실로 따라오세요."

"네."

아카드는 옆에 달싹 붙어 있는 마로니에를 떼어냈다. 부담스러운 눈빛으로 바라보는 그녀의 몸을 밀어내고 강의실을 빠져나갔다.

Chapter 2.

MT

"재밌게 놀다 오세요."

"그딴 MT는 왜 만들어서……. 안 그래도 할 일이 산처럼 쌓여 있는데."

얼마 전 토마스의 권유로 구입한 상인 지구와 아카데미 사이에 위치한 고급 맨션 입구.

아카드와 토마스는 마차 앞에서 이야기를 나누고 있었다.

"이건 뭐야?"

"MT 장소인 제국은행 연수원의 노란 자리를 표시한 지도입니다."

"노란 자리?"

아카드의 물음에 토마스는 그의 옆구리를 찌르며 쑥스러운 웃음을 지었다.

"제국은행 연수원이 엄청 넓다는 사실은 아시죠? 그중에서 여학생 유혹해서 하룻밤 숨어 지내기에 딱 좋은 곳만 표시한 지도입니다. 헤헤."

아카드는 토마스를 바라보면서 걱정이 되지 않을 수가 없었다. 어떻게 이렇게 모든 관심사가 일관적일 수 있는지. 아카드는 그를 보며 혀를 찼다.

"아, 참!"

토마스는 갑자기 진지한 표정을 지었다. 아카드에게 중요한 일을 보고할 때 나오는 습관이다.

"마스터의 말씀대로 된 것 같습니다."

"그래?"

"예상대로 제국은행에서 몇몇 귀족의 은닉 자산에 대한 보고가 황실에 들어갔습니다."

"대상이 누구지?"

"이번 연합군 총사령관인 페드릭 장군입니다."

페드릭 장군은 평민 신분으로 황실 기사단장까지 오른 노틸러스 제국의 명장이다.

그는 이번 전쟁에서 진 제국 총사령관이었던 게일스 공

작을 격파하고 전쟁을 종식시켰으며, 그로 인해 이번 평화 협상이 끝나면 일등공신이 될 거라는 소문이 파다했다.

중앙 귀족들의 모임인 원로원에서는 이 문제로 골머리가 아프다는 소문이 공공연하게 퍼지고 있었다.

하필 개선장군의 명예가 중앙 귀족 사람이 아닌 황제파의 최측근인 페드릭 장군에게 돌아갔기 때문이다.

"이번 일로 원로원은 신났겠군."

"말도 마십시오. 매일 페드릭 장군을 조사하라는 상소가 끊이질 않는다고 합니다."

은닉 자산 대상자 명단에서 페드릭 장군 이름이 발견되자 원로원에서는 벌 떼처럼 일어났다.

개선장군이 아니라 당장 죄인의 신분으로 소환해야 한다는 여론이 급속히 퍼지고 있었다.

이번 일로 인해 페드릭 장군을 개선장군으로 내세워 황제의 힘을 키우겠다는 황제파 귀족들의 원대한 포부는 물거품이 되었다.

제국은행이 이런 일을 벌인 데에는 명백한 목적이 있었다.

입찰 건으로 4대 상단에 쏠린 부정적인 시선을 다른 곳으로 돌리겠다는 의도다.

거기에 멈추지 않고 한 걸음 더 나아가, 제국은행은 이번 일로 원로원과 손을 잡는 동시에 강력한 경고를 보내고 있었다.

'우리가 너희를 도와줬으니, 내민 손을 잡아라. 그렇지 않으면 너희들의 비리에 대해 밝히겠다.' 라는 무언의 신호.

"원로원 측은 어떤가? 제국은행이 내민 손을 잡았나?"

"제국 아카데미 경매입찰 건에 대한 수사를 서둘러 마무리했습니다. 재무부에서는 월 상단의 독단적인 행동으로 결론 내고 마무리했습니다."

제국은행의 의도는 제대로 먹혔다.

원로원 소속의 재무대신은 서둘러 수사를 마무리 짓고, 페드릭 장군의 비리를 조사하는 데 모든 역량을 동원하고 있었다.

"제국은행이 절묘한 시기에 물 타기를 잘했군."

"그런 것 같습니다. 제국은행과 원로원이 손을 잡았다고 봐야 할 것 같습니다."

"그동안의 제국은행답지 않은 방식인데?"

"소로스 은행장의 방식으로 보기는 힘들지요. 그는 철저히 힘 싸움을 중시하는 인물이니까요. 오히려 이런 방식은 귀족들이 주로 쓰는 방식이긴 한데, 과연 소로스 은행장을 보좌하는 브레인이 누굴까요?"

"그걸 알아내는 게 네놈 일이야."

아카드는 한심하다는 눈빛으로 토마스를 노려보았다. 그러면서 심각한 표정으로 말을 이었다.

"그리고 대책은 세워놨어? 제국은행이 저렇게 나오면 우리 상단이 예상보다 일찍 노출될 수 있어. 위험해."

"MT 다녀오시기 전까지 대책을 세워 놓겠습니다. 저를 믿고 편안히 놀다 오십시오."

"잘해. 입찰 건으로 제국은행의 시선이 우리에게 몰려있다는 사실을 잊지 말고."

아카드는 토마스가 미리 대기시킨 마차에 올라탔다. 마차 문이 닫히려는 순간 아카드는 뭔가 생각났는지 토마스를 급하게 불렀다.

"잠시 깜박한 게 있었군. 최근에 중앙 귀족들 마차 구입이 늘고 있어. 어디서 구입하는지 출처를 조사해봐."

"그냥 전쟁 끝난 기념으로 구입하는 거겠죠. 그런 일까지 시키면 저 정말 일 못 해요! 안 그래도 밀려 있는 일이 산더민데."

토마스의 양 볼이 부풀어 올랐다. 가뜩이나 상단의 마스터로 승진한 뒤 밀려드는 일거리 때문에 자는 시간도 쪼개야 할 판이다.

"소문에는 드워프가 제작한 미차라는데……."

드워프제라는 단어에 토마스의 표정이 심각해진다. 그가 알기로 장인급 드워프는 제국에 없다고 없다. 있다면 라거가 적극 추천했을 것이다.

"그럴 리가 없는데? 분명히 라거가 제국으로 피난 온 드워프 중에 장인은 하나도 없다고 했는데. 마차를 제작할 정도면 보통 장인이 아니라는 소리잖아요."

"분류해놓은 정보길드 있다며? 한 번씩 들러서 의뢰를 맡겨봐. 조사도 할 수 있고 쓸 만한 정보길드도 알 수 있는 절호의 기회잖아."

"알겠습니다."

토마스는 눈을 빛냈다.

드워프 제작소가 모여 있는 진 제국과는 국교가 단절된 상태. 물품 수입이 금지된 상태에서 드워프제 물건이 풀린다는 것은 밀수하는 단체가 있거나, 아니면 어디서 은밀하게 몰래 만들고 있다는 뜻이다.

아카드의 지시가 자신이 선택한 정보길드가 진짜배기인지 시험하는 첫 무대가 될 것이라는 생각에 토마스는 고개를 끄덕이며 택시 문을 닫았다.

"아 참, 그리고 택시 트렁크를 열어보시면 제 안목에 놀라실 겁니다. 마스터의 여행용 캐리어는 제국에 단 두 개만 풀린 한정판이거든요. 그 안을 열어보시면 더더욱 놀라실 겁니다. 제가 깜짝 놀랄 만한 선물을 준비했습니다."

"선물? 뭔데?"

"가서 풀어보십시오. 마부, 얼른 출발하게."

아카드는 토마스의 장난스러운 눈빛에 불길한 예감이 휘몰아쳤다.

토마스는 멀리서 손을 흔들며 히죽거렸다.

＊　　　＊　　　＊

"모두 모이세요!"

교수님의 인솔에 따라 학생들이 연수원 숙소 앞에 모였다.

갑자기 아카드의 눈이 바쁘게 움직였다.

"토마스 이 자식이 무슨 짓을 했는지 빨리 확인해야 하는데."

아카드는 수많은 캐리어들 사이를 누비며 이름표를 확인했다. 하지만 자신의 캐리어를 도저히 찾을 수가 없었다.

학생들의 캐리어가 연수원에 도착하자마자 인턴 직원들이 빠르게 각자의 방으로 나르고 있었다.

"벌써 숙소에 갖다 났나? 누가 열어 보지는 않았겠지?"

아무리 찾아도 아카드는 이름이 적힌 캐리어는 보이지

않았다. 토마스가 무슨 장난을 쳤는지 알 수 없으니 불안한 마음이 가시지 않는다.

"선배님! 저희가 들게요."

"아닙니다. 저희가 당연히 해야 할 일입니다."

"아니에요. 선배님께서 이러시면……."

인턴 직원들의 대부분이 제국아카데미 선배들이다 보니 후배들은 어쩔 줄 몰라 한다.

그러나 대부분의 인턴 직원들은 후배의 호의를 거절했다.

고마운 일이긴 하지만, 제국은행에서 파견 나온 감시원들에게 걸리기라도 하면 감점 요인이다.

'후배를 미래의 고객으로 생각하고 최고로 모셔라.' 라는 명령이 떨어진 이상 인턴 직원들에게 아카데미 학생들은 후배가 아니다.

그들이 왕처럼 모셔야 할 고객이었다.

만약 사적인 감정으로 후배를 대하다가는 감시관들의 불호령이 떨어지는 것은 물론이고 심하게는 쫓겨날 수도 있다.

인턴들은 기계처럼 묵묵히 후배들의 캐리어를 날랐다.

"마가렛 교수님, 어서 오십시오."

"연수원장님, 이렇게 직접 나오실 필요는 없는데."

"아스테리아 대륙의 등불이 될 분들이 오셨는데 제가 직접 봐야지요. 어떤 분이 제국은행에 잘 어울릴지 미리 보고 싶기도 하고."

마가렛 교수의 눈에 낯익은 얼굴이 들어왔다.

작년에 아카데미에서 수학하던 졸업생들이 학생들의 짐을 옮기고 있었다.

"짐을 옮기는 사람들의 얼굴이 낯이 익네요. 저 아이들이 어떻게 여기에……?"

"이제는 제국은행을 빛낼 예비 은행원이지요. 오늘이 신입 사원 연수기간이거든요."

"그런 줄도 모르고 MT를 왔으니 제국은행에 큰 실례를 범한 것은 아닌지 걱정되네요."

"하하하. 절대 그렇지 않습니다. 신입 행원이 되기 위해서는 당연히 거쳐야 할 관문입니다. 부담 가지지 마십시오, 교수님."

"그렇다면 다행이지만 아무래도 남의 행사에 끼어든 느낌이 들어서 죄송한 마음이 드는 건 어쩔 수 없네요."

"그런 마음 가지실 필요 없습니다. 은행장님께서도 장차 제국은행을 빛낼 인재를 미리 선점할 기회라고 격려까지 해주셨는데요."

"그렇게 밀씀해주시니 인솔 교수 입장에서는 너무나 깁

사한 일이네요. 그럼 MT 일정에 대해 논의해 볼까요?"

"그럽시다."

마가렛 교수가 MT 일정표를 적은 종이를 연수원장에게 건넸다.

문득 연수원장의 시선이 남학생들이 모여 있는 곳을 향했다. 파마를 한 남학생 하나가 적의에 가득 찬 눈빛으로 자신을 노려보고 있었다.

'누구지? 예전 고객의 가족인가?'

연수원장은 과거 제국은행 대출 담당으로 명성을 떨쳤다.

특히 돈 될 만한 시민의 땅을 담보로 대출해주고 시세가 내리면 이자를 늘리는 방법으로 수많은 시민의 눈물을 만든 장본인이다.

지금은 그 공을 인정받아 연수원장으로 지내며 노후를 편안하게 보내고 있지만, 가끔 그 시절로 돌아가고 싶은 적이 한두 번이 아니었다.

현장에서 활동하며 돈 빌리러 오는 사람들의 생사를 결정하던 시절을 잊지 못했다. 인간의 생사를 한 손에 거머쥐고, 마치 신처럼 타인의 인생을 좌지우지하며 휘두르던 그때의 쾌감을 다시 느끼고 싶었다.

'나한테 원한이라도 있나? 뭐, 상관없겠지. 뺏긴 놈이

죄지, 뺏은 놈이 무슨 죄야!'

연수원장은 고개를 갸우뚱하다가 마가렛 교수의 부름에 고개를 돌렸다. 연수원장은 돋보기안경을 고쳐 쓰며 일정표를 천천히 살폈다.

"여기 좀 봐주세요, 원장님. 저녁 스케줄을 이렇게 하는 것이 좋을 것 같은데. 어떠세요?"

"교수님, 이번에 연수원에서 새로운 장소를 발견했습니다. 그곳에서 가장무도회를 열어보려고 하는데 어떠십니까?"

연수원장은 지도를 펴 한 곳을 가리켰다. 그는 호기심을 가지고 지도를 바라보는 마가렛 교수에게 무언가를 열심히 설명했다.

"어머! 학생들에게 큰 추억이 생기겠네요."

손뼉을 치며 즐거워하는 마가렛 교수와는 대조적으로 돋보기안경에 가려진 연수원장의 눈빛은 음흉한 빛을 띠고 있었다.

연수원장과 MT 일정 조율을 마친 마가렛 교수는 연수원 숙소 정문에 모여 있는 학생들에게 다가갔다.

"제국 아카데미 학생분들은 지금 바로 연수원 숙소 1층 강당에 모두 모이세요."

"숙소에 들르시 싫고 바로 모이나요?"

"네. 강당에서 조를 짠 이후에 숙소에 들어가게 될 거예요. 오늘 특별한 코스가 계획되어 있으니 기대하셔도 좋아요."

마가렛 교수는 학생들을 향해 장난스럽게 웃으며 말했다.

제국 아카데미 재학생들은 마가렛 교수의 말이 끝나자마자 주변을 두리번거리며 로비를 향해 걸어가기 시작했다.

학생들에게 섞여 강당으로 걸어가던 아카드의 어깨를 누가 붙잡았다. 고개를 돌리자 파마머리에 웃는 인상이 편안해 보이는 남학생이 말을 걸었다.

"아카드, 뭐해?"

"누구?"

"나 기억 못 하는 거야? 그때 동아리 건물에 갈 때 함께 스쿨마차 탔던 폴."

"아, 그래."

"그 말이 끝이야? 섭섭한데. 나는 그래도 친하다고 생각했는데."

폴은 풀이 죽은 모습으로 서 있었다. 아카드는 그의 어깨를 치며 한마디를 툭 뱉었다.

"미안. 다음에는 기억하도록 하지."

"내 이름 꼭 기억해줘. 폴이야!"

기억하겠다는 한마디에 기분이 풀린 폴을 바라보며 아카드는 속으로 중얼거렸다.

'방금 전 연수원장을 죽일 것처럼 쳐다보던 녀석이잖아? 갑자기 왜 나한테 친한 척이지?'

아카드는 앞장서는 폴의 뒷모습을 수상하게 바라보며 고개를 절레절레 흔들었다.

＊　　＊　　＊

"와, 숙소가 정말 좋네요."

"웬만한 호텔보다 훨씬 넓고 깨끗해요."

강당에서 20개의 조로 나뉜 재학생들은 조별로 모여 숙소로 들어갔다.

아카드가 속한 조는 10조.

'10조 숙소'라고 적힌 방문을 열었다.

문을 열자마자 방이 4개가 있었는데 각 방마다 침대와 소파가 있고, 거실에는 간단한 음식을 할 수 있는 화로와 식기들이 비치되어 있었다.

남녀 각각 10명으로 나뉜 조원들은 각자 배정된 방으로 들어가 자신의 짐을 확인하며 삼삼오오 모여 있었다.

"지 녀석이 소문의 그 신입생인가?"

"수석이라는 그 녀석?"

"해적왕 아들이라고 해서 무시무시하게 생긴 줄 알았는데, 전혀 그렇게 생기지 않았는데?"

아카드가 방으로 들어오자 학생들이 웅성거렸다.

하지만 해적왕의 아들이라는 악명 때문일까?

그에게 선뜻 말을 거는 학생은 아무도 없었다.

"저 방을 써도 됩니까?"

"그래. 햇빛도 들어오지 않는 구석방인데 괜찮겠나?"

"상관없습니다."

아카드는 가볍게 목례하고는 빈 방으로 보이는 곳으로 들어가더니 뭐가 그리 급한지 들어가자마자 황급히 문을 닫았다.

"토마스 이 자식, 무슨 장난을 친 거야? 설마 이번에도 이상한 책을 집어넣거나 하지는 않았겠지?"

아카드는 연수원에 온 내내 가방이 신경 쓰였다.

그가 캐리어의 잠금장치에 손을 갖다 댄 그 순간, 갑자기 바깥에서 여자의 비명 소리가 울려 퍼졌다.

아카드의 방문이 거칠게 열리며 에레나가 방 안으로 뛰어 들어왔다.

"아아아아안 돼에에에에에에에!"

아카드는 갑자기 자신의 방에 노크도 없이 들어온 에레

나를 불쾌하게 바라보았다.

"뭐야? 안 되긴 뭐가 안 돼?"

에레나가 다급히 캐리어를 향해 다가왔다.

하지만 아카드는 에레나의 간절한 염원에도 불구하고 캐
리어를 힘껏 열어 재꼈다.

"이게 뭐야!"

갑자기 아카드의 눈빛이 심하게 흔들렸다.

＊　　＊　　＊

'아카드가 에레나의 가방을 훔쳤다.'

'아카드가 에레나의 속옷을 훔치려다가 걸렸다.'

소문은 순식간에 학생들에게 퍼졌다.

남학생들의 우상인 에레나와 여학생들의 호감을 산 수석
입학 신입생에 관한 소문이기 때문에 들불처럼 학생들의
입에 오르내렸다.

원래 소문이란 사람의 입으로 옮겨지며 눈덩이처럼 커지
는 법. 단순히 짐 가방이 바뀌며 발생한 소동은 '변태 신입
생의 절도 사건'으로 변환, 확산되었다.

신비한 외모와 함께 귀족 집안이라는 걸출한 신분을 지
닌 아카드에게 호감을 갖던 여학생들의 실망도 대단했다.

MT를 통해 핑크빛 스캔들을 꿈꾸던 그들은 저녁 식사 내내 불길한 표정으로 아카드를 저주했다.

*   *   *

연수원 제일 꼭대기 층 귀빈실.

검은색 슈트를 입은 작은 키의 뚱뚱한 남학생이 창가 쪽에 걸터앉아 있다. 뱃살이 뭉쳐 터질 것 같은 검은색 재킷 칼라에는 학생회 간부임을 증명하는 황금 배지를 달고 있었다.

그의 이름은 위글.

이번에 새롭게 월 상단의 상단주로 임명된 파울러의 외아들이다. 학기가 시작되기 전까지만 해도 그는 아카데미 학생회 소속 평회원에 불과했다.

술과 여자밖에 모르는 망나니 위글이 선도부 위원장으로 임명된 것은 갑작스러운 공석 때문이었다.

지난 학기까지 선도부 위원장이었던 월 상단주의 후계자 월 크로우 2세가 아버지의 실종으로 갑자기 아카데미를 그만두었다. 그로 인해 학생회 4명의 위원장 중 한 자리가 공석이 되었다.

그 와중에 위글의 아버지인 파울러가 월 상단의 신임 상

단주 자리에 오르면서 자연스럽게 크로우 2세가 맡던 위원
장 자리를 차지하게 된 것이다.

'크크. 내가 선도부 위원장이라니, 역시 사람은 부모를
잘 만나야 해!'

아버지가 월 상단 상단주로 승진하면서 상상도 못 했던
학생회 임원 자리에 오른 위글의 속내가 얼굴에 고스란히
드러났다. 그는 자신 앞에 기립해 있는, 동료에서 수하로
바뀐 학생들을 쳐다보았다.

수하로 배정된 10명의 학생들이 부러운 눈빛으로 그를
바라봤다.

"우와! 얼마 전까지 같이 술 먹던 친구가 위원장이라니.
위글, 축하한다."

학생들 무리에서 남학생 하나가 앞으로 나오며 위글에게
장단을 맞췄다.

얼마 전까지만 해도 밤거리를 같이 어울려 다니던 친구
였다. 그는 다른 학생들에게 위글과의 친분을 과시하려는
듯 어깨에 손을 얹었다.

"그건 그렇고, 역시 회장은 대단해. 화제의 신입생을 가
방 바꿔치기로 한 방에 보낼 줄 누가 생각이라도 했겠어."

"······."

"끼끼디끼 귀족 새끼들이 어잉치럼 띠받드는 세레가를

건드렸으니 노블레스 클럽 놈들도 우리 일에 끼어들지 못할 거야. 역시 우리 회장의 두뇌는 천재적이야."

노블레스 클럽은 제국 아카데미 중앙 귀족 자제들의 모임이다. 정회원의 추천과 투표라는 일련의 과정을 통과해야만 가입할 수 있는 아카데미 최고의 동아리였다.

한때는 '아카데미 학생회=노블레스 클럽'이라는 공식이 있을 정도로 위세를 떨치던 그들이 몰락한 것은 50년 전에 일어난 시민혁명 이후부터였다.

혁명 이후 시민 출신 학생들에게도 '귀족=시민의 적'이라는 인식이 생겨서 상단 자제들의 모임인 골든 클럽에 밀리기 시작한 것이다.

50년 동안 학생회장 선거에서 노블레스 클럽이 골든 클럽을 이긴 것은 5번 남짓. 최근 10년간 1번을 제외하고 학생회의 주인은 골든 클럽이었다.

하지만 예전에 비해 기세가 많이 줄었다고 해도 노블레스 클럽의 뿌리는 제국을 지배하고 있는 중앙 귀족.

아카데미에서만큼은 학생회를 장악해버린 골든 클럽에 밀렸지만, 상단 자제들이 장악한 학생회를 감시할 수 있는 유일한 동아리였다.

"제법이군. 거기까지 생각했나?"

"하하하. 원래 내가 머리 쓰는 일은 잘하지 않나."

남학생은 멋쩍은 듯 웃더니 위글의 어깨를 두들기며 달라붙었다.

"자네는 임원으로서 무게만 잡게. 머리 쓰는 일은 내가 다 알아서 하지. 하하하."

간신 같은 남학생의 모습에 다른 학생들은 고개를 절레절레 흔들었다. 위글에게 붙어 아부하는 모습을 차마 눈 뜨고 보기 힘들었다.

'저 자식 정말 재수 없다.'

'전에는 위글이 무식하다며 학생회에 어울리지 않는다고 그렇게 욕하더니, 임원 되고 나니까 딱 달라붙어서는……'

임원의 권위는 그만큼 절대적이다.

그들의 배경은 대륙을 지배하는 거대 상단이고 자신들의 배경은 거대 상단에 소속된 중소형 상단일 뿐이다.

이제는 위글이 4대 상단가의 일원으로서 학생회 임원이 되었으니 잘못 보이면 자신의 책임으로 끝나지 않는다.

자칫하면 가문 전체가 작살날 수도 있기에 싫은 내색조차 할 수 없었다.

"그런데 위글, 회장이 시킨 게 뭐지? 내가 그 일에 큰 도움이 줄 수 있을 것 같은데."

위글은 비릿한 웃음을 지으며 명령을 기다리는 학생들을

내려다보았다.

"잘 들어! 오늘 우리 선도부가 해야 할 일이 있다."

"명령만 내려 주십시오!"

"잠시 후 열릴 신입생 환영회에 아카드라는 신입생이 참석하면 공개적으로 에레나 양과 가방을 바꿔치기한 사건을 이슈화시킨다. 과연 참석할지는 모르겠지만."

"네! 알겠습니다!"

"소리가 작다. 다시는 아카데미에 발 들일 생각도 나지 않을 만큼 철저하게 망가뜨린다. 알겠나?"

"네! 알겠습니다!"

위글은 핏대까지 올려가며 온 힘을 다해 대답하는 학생들을 바라보며 알 수 없는 쾌감을 느꼈다.

'이래서 남자가 권력에 미치는 건가?'

위글은 희열을 만끽하며 학생들에게 두 번째 명령을 내렸다.

"정확하게 밤 12시. 학생회 주관 아카데미 MT 특별 행사로 가장무도회가 열린다는 소식은 운영위원회에서 통보받았겠지?"

"네!"

"장소는 저기 보이는 나무숲 중앙에 위치한 '왕비의 정원'이다. 원래는 우리 선도부가 학생들을 안내해야겠지만 경비와 안내는 제국은행 인턴들이 맡아주기로 했다."

"그럼 저희는 무엇을 하나요?"

한 학생이 손을 들어 질문했다. 아카데미 내에서 학생들의 치안과 안내는 주로 선도부의 몫이다.

그런데 자신들이 할 일을 제국은행 인턴 선배들이 맡아준다고 하니 궁금한 표정이다.

"2학년들은 '왕비의 정원'에서 가장무도회를 준비하는 운영 위원회와 합류해 돕도록 한다. 3학년은 혹시나 모를 사태에 대비해 여학생들을 보호하도록 한다. 알겠나?"

"혹시나 모를 사태요?"

학생들이 위글을 쳐다보며 반문했다. 어떤 사태를 말하냐는 표정이다.

"쯧쯧, 말귀를 못 알아듣기는. 아카드 같은 겁대가리 없는 신입생이 나올 수도 있으니 철저히 여학생들을 잘 지켜보란 말이다. 에레나 양의 위치는 특별히 신경 쓰도록. 알겠나?"

"네! 알겠습니다."

혀를 차며 학생들을 내보낸 뒤 창밖을 쳐다보는 위글의 눈에 갑자기 생기가 돌았다.

학생회에서 신신당부한 목표물이 눈에 들어왔다.

"인세 봐또 아금팁틴 밀이아. 그 굿데 높은 회깅이 흰깅

할 만해."

저녁 식사를 마치고 돌아가는 학생들 사이로 정답게 걸어가는 네 명의 여학생이 눈에 들어왔다.

에레나와 그녀의 친구들.

멀리서도 한눈에 알아볼 수 있었다.

"에레나는 내가 매직폰으로 연락하면 바로 알 수 있도록 항상 곁에서 철저히 감시해라. 실수 없이 잘해낼 수 있겠지?"

"걱정 마십시오!"

Chapter 3.
수상한 학생회

까악. 까악.

기괴한 괴조의 출현에 침까지 흘리며 창밖을 바라보던 위글이 눈살을 찌푸렸다.

'헉! 저것은!'

괴조를 보자마자 위글은 벌떡 일어났다.

그는 경직된 표정으로 창밖 공중에 나타난 괴조를 뚫어 지게 바라보았다.

괴조의 정체는 붉은 눈동자를 가진 검은색 까마귀.

공중에서 날개를 퍼득이며 머물러 있는 불길한 눈동자가 위글을 주시했다.

위글의 머릿속에 정체 모를 금속성의 음성이 울렸다. 동시에 그의 눈동자가 무엇에 홀린 듯이 초점을 잃어갔다.

'지시한 대로 잘 되고 있나.'

"네! 계획대로 진행되고 있습니다!"

위글은 머릿속에서 울리는 질문에 큰 소리로 대답했다. 아무도 없는 귀빈실이 쩌렁쩌렁 울렸다.

'월 크로우 부자를 기억해라. 실수는 곧 죽음이니.'

위글은 상단가에 떠도는 소문을 떠올리며 안색이 변했다.

'월 상단주는 흑마법의 재물로 먹혔다더라. 구시가지에서 발견된 새까맣게 타버린 시체는 아카데미에 다니던 월 상단주 아들이더라.'

세상 부러울 것 없는 4대 상단을 소유했던 월 가문은 흉흉한 소문만 남기며 먼지처럼 사라졌다.

'절대 안 돼! 실패하면 나도 죽을 거야!'

위글은 한때 자신의 우상이었던 월 크로우 2세를 떠올리며 고개를 세차게 흔들었다.

'명심하라. 실패는 곧 죽음이니……'

"네! 네! 네! 네!"

위글은 공포 가득한 눈동자로 대답만 계속했다.

붉은 눈동자의 까마귀는 위글의 머릿속에 메아리를 각인시키며 사라졌다.

갑자기 귀빈실의 문이 열리며 문밖에서 지키던 선도부 학생이 들어왔다. 방 안에서 이상한 소리가 들렸던 탓이다.

"위원장님. 위원장님?!"

선도부 학생은 창밖을 향해 '네! 네!' 반복하는 위글을 보고는 고개를 갸웃거렸다.

＊　　　＊　　　＊

연수원에서 제공한 저녁 식사는 훌륭했다.

저녁 식사 메뉴는 윌슨 왕국식 궁중 정식.

접대 문화가 발달한 무역 왕국답게 코스 요리 하나하나에서 극한의 화려함과 식감을 느낄 수 있었다.

'왕실 요리사를 고작 연수원 요리사로 쓸 수 있다니.'

윌슨 왕실 요리사를 스카우트한 제국은행의 저력을 확인할 수 있는 부분이다. 코스로 구성된 요리는 귀족 출신 학생들뿐 아니라 교수들까지 극찬할 정도였다.

식전주, 한입요리, 전채요리, 생선요리, 고기요리, 치즈&샐러드, 디저트, 소화를 돕기 위한 과일주, 허브티&홍차까지. 8가지로 구성된 코스 요리는 아카데미 학생들뿐만 아니라 교수들도 극찬을 아끼지 않았다.

귀족이나 부유한 상인이 아니면 쉽게 맛볼 수 없는 음식은 아카드의 소문과 맞물려 1시간이 넘는 식사 시간조차 짧게 느껴지게 만들었다.

「아카데미 학생들에게 알립니다. 저녁 식사를 마친 분들은 연수원 밖에 위치한 요정의 숲으로 모여 주십시오. 신입생 환영회가 열릴 예정입니다.」

아카데미 학생회 소속 학생들이 마법 확성기를 통해 식당 앞에 서서 외쳤다.

학생들은 학생회 안내에 따라 줄지어 연수원 바깥으로 이동하기 시작했다. 그 속에는 학생들의 시선을 한 몸에 받는 여학생들도 포함되어 있었다.

요리 동아리 여학생들은 어딜 가나 남학생들의 시선을 빼앗았다.

동아리 회장인 에레나를 필두로 안나, 케리, 피오라, 제이나까지. 요리 동아리에 소속된 여학생들은 남자들의 호의와 여학생들의 질투를 뿌리치며 건물 밖으로 걸음을 옮겼다.

"넌 밥 잘 먹고 표정이 왜 그래?"

"내가 뭘?"

"뭔가 불만 가득한 표정인데?"

에레나는 자신의 속마음은 숨기더라도 표정으로 쉽게 드러나는 타입이다.

부풀어 오른 그녀의 볼을 바라보며 안나는 혀를 찼다.

"얼굴 좀 펴! 아카드 일 때문에 아직도 화가 안 풀렸구나. 우리 여신님, 뒤끝 작렬인데?"

"그건 벌써 잊었어. 다른 일 때문에 그래."

"다른 일 뭐?"

요리 동아리 친구들이 궁금한 표정으로 에레나를 쳐다봤다. 그것 말고는 딱히 에레나가 이런 표정을 지을 이유가 없기 때문이다.

"저녁 식사."

에레나의 말에 친구들이 되물었다.

"응? 저녁 식사가 왜?"

"MT가 귀족과 상인의 돈 자랑으로 변질되는 것 같아서 기분 나빠."

"그거야 어느 정도 예상했잖아. 평소에도 저러고 다니는데 어쩌겠어."

"그래도 기분 나쁜 건 나쁜 거야. 시민 출신 신입생들이 식사하는 법 몰라서 허둥대는 거 못 봤어? 선배라는 인간들이 친절하게 가르쳐 주지는 못할망정 비웃는 귀족 애들이랑 상인 애들을 보니까 밥맛이 확 떨어지더라."

저녁 식사의 화려함으로 즐거웠던 분위기가 에레나의 말 한마디에 무거워진다.

요리 동아리에 속한 그녀들은 모두 상류층 집안 출신들

이다. 유일한 평민인 안나의 아버지조차 수도 경비대 치안감으로 귀족 못지않은 대우를 받는 집안이다.

그러다 보니 안나 역시 그런 대접을 받는 것이 당연한 것처럼 여겨졌다.

다른 사람이 이런 말을 했다면 열등감이라고 쏘아주었을 것이다. 그러나 에레나는 제국 최고의 가문인 공작 가문의 소공녀다.

최고의 귀족 영애가 이런 문제에 대해 비판을 하니 친구들은 뭐라고 할 말이 없었다. 단지 단짝친구인 안나만이 기특하다는 표정으로 에레나의 머리를 헝클어트리며 쓰다듬었다.

"그랬구나. 우리 강아지 참 기특하네. 그런 생각을 다 하고."

"너희들 기분이 상했다면 미안해. 그냥 화기애애해야 할 MT의 분위기가 이렇게 변질되는 것이 속상했을 뿐이야."

"매일 너랑 있으면 우리가 나쁜 사람이 되는 기분이야. 그치, 애들아?"

"맞아! 맞아!"

제국 황실 궁내청장의 딸인 케리가 가라앉은 분위기를 띄우려고 장난을 쳤다.

"그런데 우리 막둥이는 어떻게 할 거야?"

"아! 아카드? 글쎄, 큰일이네. 노블레스 애들뿐만 아니라 학생회 애들까지 잡으러 다니던데."

에레나를 제외한 다른 친구들이 걱정스러운 표정을 지었다.

"픕!"

부풀어 오른 에레나의 입에서 웃음소리가 새어 나왔다.

"뭐야? 에레나, 넌 걱정 안 돼? 노블레스뿐만 아니라 학생회에서도 단단히 노리는 것 같은데."

"알아서 잘 하겠지."

에레나는 별걱정 없다는 듯이 대답했다.

'그 인간한테 이 정도는 일도 아닐걸? 이 기회에 버르장머리나 확 뜯어고쳤으면 좋겠다.'

에레나는 장난스러운 표정으로 친구들의 어깨에 양팔을 걸쳤다.

"자! 늦겠다, 친구들. 출발!"

안나를 비롯한 동아리 친구들이 수상한 표정으로 에레나를 쳐다보았다. 그러나 더없이 밝은 에레나의 재촉에 발걸음을 옮길 수밖에 없었다.

* * *

제국의 수도 외성에서 멀지 않은 곳에 위치한 제국은행 연수원은 입구를 제외한 삼면이 깊은 숲으로 둘러싸여 있다.

이곳은 먼 옛날 제국은행 초대황제 노틸러스 대제가 햇빛을 보지 못하는 왕비를 위해 지은 별궁이었다.

흡혈족과 엘프의 혼혈로 햇빛을 보지 못하는 왕비를 위해 황제가 직접 참여해 완성한 궁으로, 햇빛을 가리기 위해 5미터가 넘는 삼나무를 서쪽에서 수입해 곳곳에 심었다.

아기자기한 왕비의 취향을 고려해서인지 원설계자의 의도인지는 모르겠지만, 곳곳에 고대 건축 양식의 건물이 지어졌다.

아직까지 다 밝혀지지 않았지만, '요정의 정원'이나 '마드리드 오두막' 같이 아름답고 아담하고 비밀스러운 건물들이 남아 있다고 전해진다.

그러나 노틸러스 황제는 별궁이 완공되자마자 이곳을 출입 금지로 지정했다. 왕비가 별궁의 완성을 보지 못하고 암살당했기 때문이다.

이후 500년 동안 황실 문지기들에게 비밀스럽게 관리된 별궁이 공개된 것은 5년 전.

별궁의 주인이 황실에서 제국은행으로 바뀌면서 기록으로만 남아 있던 요정의 정원과 마드리드 오두막의 실체가 밝혀졌다.

제국은행이 기록의 비밀을 밝히기 위해 많은 돈을 들여 고고학자들을 고용하여 발굴 작업을 시작한 것이다. 그들은 지금도 별궁 주변을 조사하며 밝혀지지 않은 유적을 발견하기 위해 연구 중이다.

사람들의 발길이 뜸한 산속 오두막. 한 청년이 대자($大$)로 누워 있었다.

묘하게 정돈된 검은 머리카락에 퇴폐적인 분위기를 풍기며 의욕 없이 반쯤 풀린 눈동자가 천천히 모습을 드러냈다.

"이놈의 바람들이 왜 이곳 주변만 어슬렁거리는 것 같지?"

자리를 요리조리 옮겨 보아도 마찬가지다. 바람은 아카드가 자리를 옮길 때마다 귀신같이 따라와 검은 머리카락을 쉴 새 없이 들썩거리게 만든다.

"그 수정 구슬에 저주가 걸린 게 분명해."

얼마 전 자신의 방에 놓여있는 수정 구슬을 만진 후부터 부쩍 바람들이 자신 주변을 떠나지 않는다.

"MT 끝나자마자 마법사를 불러서 물어봐야겠어. 그리고 토! 마! 스!"

그의 손에는 MT를 출발하기 전 토마스가 전해 준 지도 한 장이 쥐어져 있다.

"이 새끼, 감히 나를 골탕 먹여? 이놈을 어떻게 괴롭혀 나 찔 피급됐나고 소문날끼?"

아카드는 토마스가 선물해 준 캐리어를 떠올리며 울분을 삼켰다.

사실은 오해다. 토마스가 선물한 캐리어는 테디와 함께 고른 것이다. 명장이 2개만 만든 캐리어를 전시품이라는 이유로 파격 할인하던 제품을 테디의 추천으로 구입한 것이다. 그렇다고 테디를 범인으로 지목하기에도 무리가 있다. 테디 역시 토마스가 쓸 거라고 생각해서 골라준 것이지, 아카드가 쓸 것이라고는 상상도 하지 못했다.

만약 토마스가 아카드에게 선물할 거라고 밝혔으면 절대 추천하지 않았을 것이다. 괜히 MT에서 같은 캐리어를 가지고 나타나면 커플이라고 오해받기 십상이기 때문이다.

결과적으로 선의로 건넨 선물은 재앙으로 다가왔다.

"망할 놈의 자식. MT만 끝나면 보자."

아카드는 울분을 삼키며 주먹을 불끈 쥐었다.

그때였다.

사각. 사각.

"누구지? 이곳을 아는 학생이 또 있나?"

아카드는 검은 눈동자를 빛내며 상체를 일으켜 소리 나는 쪽을 주시했다. 거대한 삼나무 사이를 비집고 나타난 사람은 의외로 아카드에게도 낯이 익은 학생이다.

"친구, 안녕. 이런 곳에서 다 만나네."

곱슬거리는 파마머리의 학생이 친근한 척하면서 아카드 옆자리에 턱 하니 엉덩이를 깔고 앉았다.

"누구?"

"이제 이름 정도는 외워주라. 아침에 말했잖아. 폴이라고."

"그런가? 미안."

아카드는 귀를 긁적이며 사과했다.

"좀 섭섭한데. 이래 봬도 어디에서 존재감 없단 소리는 들어본 적 없는데."

"난 돈 거래하는 사람 아니면 기억 안 해. 그런데 여긴 어떻게 찾았지?"

폴을 바라보는 아카드의 눈빛에 수상함이 가득하다. 토마스가 준 지도에서는 별 표시로 장소의 등급을 나타내고 있었다. 잘 알려진 곳은 별 하나, 거의 알려지지 않은 곳은 별 세 개. 지금 아카드가 있는 곳은 별 세 개짜리 장소라 학생들이 찾아오기 힘든 장소다.

"예전에 아버지와 한 번 와본 곳이거든."

무언가를 회상하듯이 먼 곳을 바라보는 폴의 낯이 어두워졌다. 항상 웃고 있는 폴의 인상과는 이질적인 모습이다.

"그래? 이곳은 꽤 오랫동안 폐쇄됐던 걸로 알고 있는데."

"제국은행으로 넘어가기 전에 아버지가 이 숲을 관리하셨거든."

"그래? 정원사셨나?"

"그랬지. 항상 즐겁게 일하시던 정원사."

아카드는 폴이 뭔가를 숨기고 있다는 것은 알았지만 남의 가정사에는 별 관심이 없기에 상체를 뒤로 눕혔다.

아카드가 자신의 이야기에 전혀 관심 없는 모습을 보이자 폴은 피식 웃었다. 그는 곧바로 재킷 안주머니에서 무언가를 꺼냈다.

수첩과 연필, 그리고 마법 녹음기다.

"화제의 인물이 된 소감이 어때?"

"저리 치워."

"이런 대박 취재를 놓칠 수는 없잖아? 나 신문 동아리에 합격했거든."

"그래서?"

"네 인터뷰 한 방이면 뜰 수 있다는 이야기지. 친구 좋다는 게 뭐니? 비싸게 굴지 말고 좀 도와주라."

"관심 없어. 그리고 말이지, 난 속내 숨기는 녀석과는 친구 안 해."

"뭐? 하하하."

처음으로 폴의 표정이 묘하게 변했다.

Chapter 4.
학생회장 루빈

아카드가 쌀쌀맞게 대답하지만 폴은 별로 기분 나빠하는 기색이 아니다. 오히려 아카드의 곁으로 다가와 다리를 쭉 펴고 나란히 누웠다.

"오해를 풀 수 있는 좋은 기회라고 생각하지 않아? 나라면 부탁해서라도 인터뷰 응할 것 같은데?"

"그깟 오해, 받아도 상관없어. 설마 내가 학생들이 뭐라고 하는 거에 상처받을 거라고 생각한 거야? 그럼 더 실망인데?"

"너 친구 없지? 매번 혼자 고민하고 결정하는 스타일이지?"

폴은 아카드를 향해 자극적인 강펀치를 날렸다. 어떻게 보면 상대방이 크게 상처를 받을 만큼 민감한 이야기였다.

덕분에 철저히 무시로 일관하던 아카드도 처음으로 반응을 보였다. 그는 폴의 방향으로 돌려 누워 대답했다.

"잘 들어! 처음이자 마지막으로 속마음을 숨긴 음흉한 놈에게 내 생각을 말해주지."

"알았어. 깊게 새겨들을게."

탁.

폴은 마법 녹음기를 누르고 아카드를 향해 바싹 다가갔다.

"연수원에서 연수원장에게 어설프게 분노를 표시한 놈이 너 맞지?"

"……."

탁.

마법 녹음기 플레이를 눌렀던 폴의 손가락이 멈춤 버튼을 눌렀다. 얼굴에 만연하던 웃음 또한 순식간에 사라진다. 마치 원수를 눈앞에 둔 사람처럼 눈 밑이 파르르 떨린다.

"너와 연수원장 사이에 어떤 악연이 있는지는 몰라. 대충 짐작은 할 수 있지만. 연수원장이 젊었을 때 대출업자로 명성이 자자했다면서? 하지만 말이야, 지금 붙으면 이길 자신 있어?"

폴은 받아칠 말이 없었다.

'어떻게 눈치챘지?'

아카드에게 강펀치를 날렸다고 생각했는데, 도리어 그 펀치는 몇 배의 크기로 자신에게 돌아왔다.

"크크크. 계란으로 바위 치기라고 하나."

폴의 안색이 확 바뀐다. 귀여웠던 얼굴이 일그러지며 억지로 쥐어짜는 웃음소리를 낸다.

아카드는 갑작스럽게 변한 폴을 보며 놀라지 않았다. 도리어 흥미가 동한 표정으로 폴을 바라보았다.

'이제야 본색을 드러내는 건가?'

아카드는 폴에게 마지막 펀치를 날렸다.

"도저히 이기지 못할 상대라면 그의 마음을 훔쳐. 그럼 길이 보일지도 모를 테니까. 내가 해줄 수 있는 말은 여기까지."

"훔치라고? 좋은 배경에서 고생 없이 자라서 그런가? 꽤 말장난이 현란하네."

전혀 생각지도 못한 말이다.

폴은 차갑게 말을 내뱉었다. '귀족으로 자란 네가 뭘 알아?' 라는 의미가 가득 포함되어 있다.

"나도 고생은 남들 못지않다고 생각되는데?"

"닥쳐! 10년 이상 갇혀 산다는 게 뭔지 알이? 괴기에는 해적왕의 후계자, 지금은 귀족 가문의 후계자인 네놈 따위가 알 리가 없지."

폴은 벌떡 일어났다. 그리고 눈동자에 경멸을 가득 담아 아카드를 노려보았다.

"네놈처럼 세상물정 모르고 자라는 놈들은 항상 똑같아. 자기보다 못한 사람을 위에서 아래로 내려다보며 항상 이야기하지. 올바르게 살라고. 지들은 온갖 더러운 짓은 몰래 다 하고 다니는 주제에."

폴은 자신의 말이 끝나자마자 신발 끈을 매었다. 이대로 그냥 가버릴 모양이다.

끈을 매는 폴의 손끝이 흔들린다.

자신도 꽤나 속마음을 잘 숨긴다고 했는데 아카드와 이야기하면서 완전 발가벗은 기분이다. 그래서 자신도 모르게 흥분하며 속에 있는 이야기를 아카드에게 퍼부었다.

미안하긴 하지만 속은 후련하다.

"못 볼 모습을 보여준 것 같네. 마음에 담아두지 말아줬음 좋겠어."

폴은 마지막 말을 남기고 자리를 뜨려고 한다.

아카드는 그런 심각한 폴의 모습이 재밌는지 공중에 떠다니는 나뭇잎 하나를 움켜쥐더니 살랑살랑 흔들었다.

"앞으로 너의 인생이 어떻게 흘러갈지 몰라. 하지만 오늘처럼 상대 도발에 흥분하다가는 제명에 못 산다. 그리고 항상 네 적을 가까이 두길 권하지. 친구보다 너의 약점을 꿰뚫고 있는 적이 너를 강하게 만들어 줄 거야."

아카드는 그 말을 끝으로 반대편으로 돌아누웠다. 간접적으로는 이제 볼일 끝났으니 얼른 가라는 의사 표시였다.

쿵!

갑자기 폴의 심장이 덜컥 내려앉는다.

'적을 항상 네 곁에 두어라. 언젠가 그 적의 목을 칠 수 있는 강한 너를 발견하게 될 것이니.'

노예병으로 죽어가던 자신을 구해 준 한 장군도 같은 말을 했다. 지금은 자신의 든든한 후원자가 되어 준 장군의 말이 아카드의 입에서 똑같이 나왔다.

장군님은 이런 말도 했다.

'진정한 친구를 만들고 싶다면 숨기지 말고 모든 것을 다 보여라. 네가 마음을 드러내는 만큼 상대도 너에게 진심으로 다가올 것이다.'

폴은 발걸음을 뗄 수 없었다.

폴은 움직이려던 발을 멈추고 멍하니 하늘을 바라보았다. 마치 여기에 없는 무언가를 그리는 것처럼.

"옛날에 어떤 정원사에게 아들이 하나 있었어. 그 아들은 자신의 일을 자랑스러워하는 멋있는 아버지, 요리 솜씨가 뛰어난 어머니, 오빠를 쫓아다니는 예쁜 여동생까지 없는 게 없었어. 정말 부러울 것이 없었어. 딱 10살 때까지."

아카드가 천천히 몸을 일으켰다. 약간 심각한 표정으로 폴을 바라보았다.

자신의 이야기를 꺼내는 것이 어색해서일까? 아니면 눈물을 감추기 위해서일까?

폴은 고개를 들어 드넓은 하늘에 시선을 고정시켰다. 그의 독백이 계속 이어졌다.

"10년 전이었어. 10살이던 소년의 아버지가 징병되면서 소년에게 비극이 찾아왔지. 제국은행에서 내놓은 '시민 저리이자 대출 상품'이 유행하던 시대였어. 아버지가 모아두었던 저축은 바닥이 나고, 두 자식을 먹여 살려야 했던 어머니가 제국은행 대출에 손을 댄 거야. 하지만 그들은 몰랐어. 사실 그게 조금이라도 연체되면 복리이자로 변환되는 무서운 상품이란 걸."

시민 저리이자 대출.

제국은행이 내놓은 서민 전용 대출 상품으로, 연 5% 이자를 자랑하는 획기적인 상품이었다. 상품을 내놓자마자 숫자에 어두운 시민들은 벌 떼처럼 모이기 시작했다.

시민들이 대출의 함정을 알아 챈 것은 3년이 지난 후였다. 피해자가 기하급수적으로 증가했다.

변동이자라는 것과 3개월 연체가 지속되면 복리이자로 자동 변경된다는 사실을 일반 사람들이 알 수 없게 약관에 넣어둔 시점에서 이미 예견된 사고였다.

그 후 제국 시민들의 재산은 급속도로 줄어들고 노예로 전락한 피해자도 다수 발생했다. 뒤늦게 황실에서 알아채고 제국은행에 권고문을 보내 상품은 취소되었지만, 이미 시민의 재산 2/3가 제국은행 손으로 넘어간 뒤였다.

이미 넘어간 재산에 대해서는 황실도 손쓸 수 없었다. 몇몇 시민들이 무기를 들고 제국은행으로 몰려갔지만, 돌아오는 대답은 하나였다.

황실에서 승인한 합법적인 금융 상품이라는 대답.

결국 모든 비난은 황실로 쏠리고, 그 불만이 쌓이면서 황실의 권위는 점점 약화되는 결과를 초래했다.

"결국 가족들은 뿔뿔이 노예로 팔려가고, 소년 또한 노예병으로 팔려갔어. 다행히 하늘이 불쌍히 여겼는지 아주 이름 높은 장군을 만나 양자로 들어가게 되면서 그곳에서 검술도 배우고 아카데미에 입학하는 초사까지 누리게 되었지만."

폴은 들었던 고개를 다시 내리며 아카드를 응시했다.

"그럼 이제 이 소년은 어떻게 해야 할까? 그냥 여기서 만족해야 할까? 아니면 사기나 다름없는 대출 상품을 만들어 가족을 파괴시킨 장본인에게 복수를 꿈꿔야 할까? 너에게 조언을 구하고 싶어."

"하! 그걸 질문이라고 나한테 하는 거냐?"

아카드는 코웃음을 쳤다. 아주 당연하다는 듯이 대답했다.

"남자라면 복수를 꿈꿔야지. 단! 자신의 주제를 완벽하게 파악하는 것이 최우선이겠지. 주제도 모르는 애송이처럼 어리석은 것은 없으니까."

"그 누구의 조언보다 마음에 와 닿네? 이제 속마음을 털어놨으니 친구로 생각해도 될까?"

"누구 마음대로? 내 친구가 되려면 많이 부족해. 하지만 뭐, 고려는 해보지."

아카드는 다시 바닥에 누워 몸을 돌리며 조용히 내뱉듯이 말했다.

"만사태평이군. 지금 잠이 오나? 노블레스 선배들과 학생회 선배들이 눈에 불을 켜고 잡으러 다니는데."

폴이 심각한 표정으로 말했다.

그러나 아카드는 아무런 반응이 없다. 미동조차 하지 않았다.

"노블레스와 학생회가 뭐지?"

아카드가 처음으로 호기심을 보인다. 폴은 이때다 싶은지 자신이 알고 있는 지식을 풀어내기 시작했다.

"무식도 그 정도면 용감할 정도야. 아카데미 오면서 기본 조사도 안 한 거냐?"

폴은 아카드의 물음에 한숨을 푹 쉬더니 아는 지식을 모두 동원하며 설명했다.

"그냥 쉽게 말하면 귀족 자제들이랑 상인 자제들의 동아리라는 소리네?"

"넌 안 무서워? 나 같으면 걱정은 될 것 같은데."

"쥐새끼들이 모여 봤자 거기서 거기지."

선배들이라고 해봤자 중앙 귀족인 아카드를 어쩔 순 없다. 기껏 해봤자 위협 정도일까?

교수들에게 일러바쳐서 자신이 아카데미를 그만두게 되면 그건 그것 나름대로 이득이다. 어차피 아카데미 다니는 것에 큰 미련이 없으니.

'어쩌면 그 편이 좋을 수도.'

자신의 잘못도 아니기에 아카데미에서 쫓겨나도 아버지에게 핀잔 들을 일도 없다.

"오늘따라 불청객이 왜 이렇게 많지? 토마스 이 자식, 지도 순 엉터리 아니야?"

불청객 하나가 이곳으로 다가오는 것이 느껴진다.

아카드 자신의 감으로 느껴지는 것이 아니다. 정확히 표현할 수는 없지만, 말로 표현하자면 숲 속의 바람들이 주변을 떠돌며 불청객의 접근을 알려주는 기묘한 느낌이다.

사각. 사각. 사각. 사각.

폴의 고개가 돌아감과 동시에 나무숲에서 거친 숨소리와 함께 발자국 소리가 들렸다.

"이번에는 누구지?"

아카드도 불청객을 확인하기 위해 고개를 돌렸다.

"학생회장님, 안녕하세요."

상대를 확인한 폴이 자리에서 천천히 일어났다.

낫으로 삼나무의 잔가지를 쳐내며 나타난 것은 갈색의 긴 머리카락을 뒤로 묶은 청년이었다. 학생이라고 보기 어려울 만큼 고상한 품격과 서글서글한 인상을 갖춘 외모다.

학생회장 루빈이다.

3학년 전과목 성적 톱. 상단 자제들뿐만 아니라 시민 학생들에게도 동경의 대상이다. 여학생들에게도 '사귀고 싶은 남학생 투표'에서 톱을 놓친 적이 없었다.

하지만 그를 설명하는 데 있어서 그런 건 중요한 것이 아니었다.

가장 중요한 것은 루빈이 제국은행장의 외아들이라는 점
이다.

차기 제국은행장이 확실시되는, 부러울 것 하나 없는 청
년은 또 왜 여기에 나타난 걸까? 폴만 해도 귀찮아 죽을 것
같은 아카드로서는 전혀 반갑지 않은 손님이었다.

"안녕하십니까? 1학년 신입생 폴이라고 합니다."

자신의 모습을 숨긴 폴이 루빈에게 다가가 깍듯이 인사
했다.

"그래."

루빈은 폴의 반응에 고개를 끄덕였다.

'영 바보는 아니군. 제법 입 아프게 조언한 가치가 있어.'

폴의 입장에서 연수원장이 원수면 학생회장도 당연히 원
수일 수밖에 없다.

연수원장이 대출 상품을 만들어 시민들의 고혈을 빨았다
면, 그것을 지시한 장본인이 눈앞에 있는 학생회장의 아버
지인 제국은행장 소로스다.

"학생회장님, 이 자리가 시원합니다. 여기로 오시지요."

"제법 똑똑한 신입생이군. 분위기 파악도 할 줄 알고."

학생회장은 폴의 호들갑에도 별 신경을 쓰지 않는다. 오
히려 맞은편에 앉아 이기드를 바라보며 거만하게 입을 열

었다.

"그쪽이 아카드라는 화제의 인물인가?"

"후아암…… 졸려. 잠 좀 자려고 하면 친구가 방해하지 않나, 또 잠들려고 하면 불청객이 깨우질 않나. 여기서 편하게 눈 붙여본 기억이 없네."

아카드는 불평을 쏟아내며 상체를 다시 일으켰다.

"아카드가 내 이름이긴 한데. 무슨 일이지?"

아카드와 루빈의 눈빛이 허공에서 마주치며 보이지 않는 불꽃이 튀었다.

"소문보다 더 간이 큰 신입생이군."

아카드를 노려보던 루빈의 차가운 눈빛이 폴에게 향했다.

"폴이라고 했나? 잠시 자리 좀 피해주겠나? 우리 두 사람이 긴히 나눌 이야기가 있거든."

"친구, 자리 비켜줄까?"

폴이 수첩과 연필을 챙겨 주머니로 넣고 갈 것처럼 굴었다.

"사내새끼라면 이런 특종을 놓치지 말아야지. 다른 사람 말 한마디에 꽁무니를 빼서 내 친구가 될 수 있겠어?"

"그게 그렇게 되는 건가? 역시 남자라면 특종 앞에서 물러서지 말아야겠지?"

폴이 머리를 긁적거리더니 어수룩한 행동으로 주머니에

서 펜과 수첩을 꺼냈다. 동시에 폴은 학생회장의 신경이 아카드에게 향하고 있는 틈을 노려 주머니에 손을 넣어 마법 녹음기의 빨간 버튼을 눌렀다.

'특종은 이런 게 특종이지. 친구 잘 둔 덕분에 대박 하나 터트리겠는데? 그렇지만 연극도 필요하겠지?'

폴이 굳은 표정으로 루빈을 바라보며 정중하게 사과했다.

"선배님, 큰 방해가 되지 않는다면 친구 옆자리를 지켜도 괜찮겠습니까? 막 신문 동아리에 가입한 예비 기자로서 이런 자리를 놓칠 순 없네요. 무례했다면 사과드리겠습니다."

폴의 결연한 표정에 루빈이 어이없는 표정을 숨기며 오른손으로 긴 머리카락을 넘겼다.

"이번 신입생들의 패기가 장난이 아닌데? 후회하지 않을 자신 있나?"

"네! 당장의 무서움을 피해 도망친다면 기자로서 자격이 없다고 생각합니다. 큰 방해는 하지 않겠습니다. 자리를 허락해주십시오."

아카드와 함께 있을 때와는 완전히 달라진 모습이다. 약간의 어리버리함과 신입생의 무대포 정신을 적절히 섞은 폴의 모습은 학생회장의 경계심을 안전히 헤제헤버렸다.

'이 자식, 졸업하면 내 상단으로 데려올까? 연기가 장난 아니네? 배우해도 되겠어.'

폴을 바라보는 아카드의 눈이 부드럽게 변했다.

대단한 배경을 가졌거나 천재라고 소문이 자자한 것은 아니지만 자신이 옆에서 방향만 제대로 잡아주면 키우는 맛이 있을 것 같았다.

반면 학생회장 루빈은 건방진 두 신입생의 모습에 기분이 상했다. 그는 두 사람을 번갈아보더니 코웃음을 쳤다.

"좋아. 선배 입장에서 신입생의 패기를 꺾을 순 없지. 대신 부탁 하나만 하지."

애송이들 앞에서 체면을 구길 수는 없다고 생각했을까? 루빈은 다시 서글서글한 표정으로 폴을 바라보며 말을 이었다.

"당분간 우리 두 사람의 대화를 비공개로 해줬으면 하는데."

루빈이 폴이 들고 있는 수첩을 가리켰다. 얼른 집어넣으라는 표시다.

"며칠 정도면 괜찮으시겠습니까?"

"한 보름 정도? 그 이후에 신문기사로 쓰든 소문을 내든 알아서 해."

"학생회장님의 넓은 관용, 진심으로 감사드리겠습니다."

학생회장 루빈은 폴의 주머니에서 마법 녹음기가 플레이되고 있다는 사실은 꿈에도 몰랐다.

루빈은 폴이 수첩과 펜을 집어넣는 모습을 보며 속으로 코웃음을 쳤다.

'분위기 파악 못 하는 멍청한 평민 녀석 같은데, 네 녀석이 다음 주까지 아카데미에 남아 있을 수 있을 것 같으냐? 건방진 놈!'

학생회에는 동아리 연합회도 소속되어 있다.

루빈의 말 한마디면 신문 동아리에서 쫓겨나는 것은 물론 시민 출신 학생 하나 알거지로 만드는 것은 일도 아니다.

"뭐 그렇게 심각한 이야기라고 시작부터 시간을 질질 끄시나. 용건이 있으면 빨리 좀 했으면 하는데. 밤에 이상한 꿈을 꾸는 바람에 정말 졸리거든."

루빈이 폴의 뒤처리를 생각하고 있을 때 아카드의 목소리가 끼어들었다.

'그래. 네놈의 건방도 언제까지 계속되나 두고 보자.'

루빈은 속마음을 숨긴 채 나긋한 목소리로 비꼬았다.

"출신이 바다 사나이라서 그런가? 생긴 것과는 다르게 거칠군."

"이놈의 아카데미 학생들은 말을 엄청 꼬아서 하는 걸 좋아하는 것 같이. 쉽게 말해."

"뭐?"

"쉽게 해적 집안이라든가 도적 집안 출신이라고 말하라고. 어렵게 둘러대지 말고. 보아하니 남을 배려하는 것과는 담을 쌓은 것 같은데, 교양 있는 척하시긴."

"하하하! 그럴까? 정정하도록 하지. 도적 집안이라 그런지 꽤 거칠군. 어때? 마음에 드나?"

"아니. 상당히 더러워."

"뭐?"

"나라를 통째로 삼키려는 큰 도적놈이 좀도둑에게 나무라는 것 같아서. 영 찝찝하다고 해야 할까?"

"성격 하나는 마음에 드는군. 내 앞에서 그런 식으로 말하는 신입생이 있을 줄은 상상도 못 했는데?"

"당신 기분 좋으라고 한 소리는 아니고. 그래서 용건이 뭐지?"

본색을 드러낸 루빈이 이빨을 보이더니 아카드에게 제안을 했다.

"혹시 내 밑으로 들어올 생각 없나? 그동안의 무례는 싹 잊어주지. 그리고 밑에서 일어난 소동도 말끔하게 처리해주지. 어때?"

"뭐? 네 밑으로?"

"왜, 자리가 마음에 들지 않아서 그런가? 자리를 원하면 임원 자리도 하나는 흔쾌히 내줄 용의가 있는데. 어때?"

옆에서 듣던 폴이 놀랄 정도다.

아카데미 학생이라면 학생회 임원 자리는 누구라도 탐낼 수밖에 없는 제안이다.

학생회 임원 경력이면 졸업 후에도 원하는 곳이 어디든 취업 가능하다. 또한 남들보다 훨씬 앞서갈 수 있는 경력으로 시작하기 때문에 루빈 입장에서는 나름대로 큰 선심을 썼다고 볼 수 있다.

뜬금없는 제안에 폴은 아카드를 쳐다보며 놀란 표정을 지었다. 회장을 향해 질문을 던졌다.

"회장님, 임원 자리는 전통적으로 4대 상가 후계자들의 자리로 알고 있습니다만."

"입학한 지 얼마 안 되는 신입생치고 꽤나 조사를 많이 했나 봐."

루빈은 폴을 향해 기특하다는 표정을 지었다.

"확실히 아카데미 역사상 신입생이 학생회 임원 자리에 앉은 전례는 그 어디에도 없어. 하지만 난 유능한 인재를 아끼지. 자네에게 아카데미 역사에 한 획을 그을 기회를 주고 싶은데. 어때? 내 밑으로 들어올 생각이 있나?"

루빈은 거만한 표정으로 아카드에게 비릿한 미소를 지었다.

자신이 이 정도까지 말했는데 저 건방진 신입생이 거절할 것이라고는 상상할 수가 없었다. 자신이 생각해도 신입생에게 임원 자리를 약속한다는 것은 아카데미 역사가 뒤집힐 파격 인사다.

"학생회장이라고 해서 잔뜩 기대했는데 영 실망이야. 머리도 나쁜 것 같고."

"뚫린 입이라고 함부로 떠들어대다가 후회할 텐데."

루빈의 얼굴이 사정없이 구겨졌다. 그러고는 누워 있는 아카드를 향해 죽일 것처럼 다가갔다.

"원하는 게 뭐야?"

아카드는 노골적으로 짜증을 내며 자리에서 일어났다. 아카드는 살기 어린 루빈의 눈빛을 받아치며 말했다.

"거래를 하고 싶으면 속마음을 솔직하게 털어놔! 빙빙 둘러서 말하지 말고. 네놈이 원하는 게 내 맥주 공장의 드워프 아닌가?"

"그것도 포함되어 있지만, 지금은 다른 제안을 한 것으로 알고 있는데."

아카드의 말에 루빈이 갑자기 능청스럽게 받아쳤다.

"또 쉽게 갈 수 있는 편한 길 놔두고 어렵게 가네. 네놈의 말은 쉽게 말해서 A&M 맥주 공장을 바치면 학생 임원 자리 하나 던져준다는 거 아냐?"

노골적이고 원색적인 아카드의 신랄한 질문에 루빈은 살짝 당황한 기색이다.

은행장인 아버지에게 교육받은 거래의 스킬과 전혀 달랐기 때문이다. 거래라는 단어는 천천히 상대를 탐색하며 최선의 결과를 도출하는 과정이라고 배웠다.

천천히 상대와 줄다리기를 하며 조금씩 자신의 쪽으로 유리하게 만드는 과정이라고 귀에 못이 박히도록 들었다.

그런데 자신의 신분을 알고도 아카드처럼 직선적으로 치고 들어오는 상대는 처음이다.

"내가 역으로 제안하지. 4대 상단 중 하나를 나에게 적당한 가격에 넘겨. 그럼 당신 밑으로 들어가지. 어때?"

"이런 미친!"

"거 봐! 솔직하게 마음속에 있는 말을 내뱉으니 나도 알기 쉽고, 옆에 있는 친구도 이해하기 편하잖아. 안 그래, 친구?"

아카드가 폴을 쳐다보며 말했다

폴은 아무 대답도 하지 않았다. 대답 한번 잘못 하면 자신도 꼼짝없이 아카데미에서 쫓겨날 판이다.

폴은 대화의 주도권을 완전히 가져와 학생회장을 뒤흔드는 아카드를 보며 넋이 나갔다.

'이거 괜히 친구하겠다고 해서 옆에 있던 니끼지 버릭

맞는 거 아냐?'

폴의 머릿속에 불길한 예감이 팍팍 밀려온다.

폴은 주머니 속 마법 녹음기 상태를 손가락으로 확인하며 아카드와 학생회장 루빈의 이야기를 계속 들었다.

"전쟁터에서 용케 숨어 있다가 목숨을 건지더니 간이 배 밖으로 나온 모양이지? 절대 후회하지 않을 자신 있나?"

루빈이 아카드를 향해 물었다.

절대 그냥 넘어가지 않겠다는 협박이 담긴 말투였다.

"피곤한데 두 번 묻지 마. 배고파서 말할 힘도 없어."

아카드가 하품을 크게 하며 낙천적으로 대답했다.

"좋아. 오늘 일은 반드시 기억에 담아두도록 하지. 후회하게 될 거야."

"지금 협박인가?"

"제안을 받아들였으면 좋은 거래였겠지."

"멀리 배웅 안 할게. 배웅해 줄 만큼 친한 사이도 아니지만."

말을 마친 아카드는 루빈을 향해 손을 흔들었다. 그러고는 곧바로 누워버렸다.

"조심해서 내려가십시오. 학생회장님."

"폴이라고 했나? 저런 친구를 둔 자네도 불쌍하군."

아카드를 잠시 노려보던 루빈은 옆에 있던 폴에게 의미

심장한 말을 뱉고는 신경질적으로 왔던 곳으로 내려갔다.

"후우우우!"

루빈의 모습이 보이지 않자 폴이 아카드 옆에 털썩 주저앉았다. 팽팽한 긴장감이 사라지자 몸에 힘이 쭉 빠진다.

"왜, 겁나?"

"루빈 협박보다 옆에 있는 괴물 같은 친구가 더 무서운데? 정말 옆에 있다가는 제명에 못 살 것 같아서."

"고려한다고 했지 친구 맺는다고 한 적은 없는 것 같은데?"

아카드와 폴은 서로 나란히 누워 같은 하늘을 바라보았다.

"폴. 내게 루빈이라는 놈을 골탕 먹일 좋은 계획이 떠올랐는데, 동참할 생각 있어?"

"뭔데? 말해봐. 고려는 해 보지."

아카드가 친구하는 것을 고려한다고 했을 때의 앙금이 남았는지 똑같이 되갚아주었다.

"상대가 펀치를 날렸으니 이쪽도 복수해야 하지 않겠어?"

"웬만하면 참으시게. 여기는 제국은행 연수원일세. 똥개도 자기 집에서는 반 먹고 들어간다는 속담 모르시는가?"

폴은 자신이 우산이가 든든한 후원지인 강군을 띠올리며

그의 말투를 따라했다.

"잘만 하면 연수원장도 한 방에 보낼 수 있는데, 친구가 싫다면 어쩔 수 없고."

아카드는 아쉬운 여운을 남기며 몸을 돌렸다.

"흠. 흠. 일단 친구 된 기념으로 여기서 나만 발 뺄 수는 없지. 계획이 뭐지?"

폴이 헛기침을 하며 일어났다. 돌아누운 아카드 곁으로 슬그머니 자리를 옮겨 눈빛으로 '얼른 말해보라.'고 아카드를 압박하기 시작한다.

"지금부터 생각해 봐야지."

"뭐?"

아카드는 마지막에 자신을 표독스러운 눈빛으로 노려보던 루빈을 떠올렸다.

'반드시 후회하게 될 거야.'

의미심장한 학생회장의 말.

뭔가 음모의 냄새가 풍긴다.

아니, 벌써 음모 속에 빠져들었는지도 모른다.

폴이 이야기한 것처럼 이곳은 제국은행의 영역이니까. 학생회장이 음모를 짜기에 더할 나위 없이 좋은 곳이다.

'하지만 싸움은 말이야, 선빵이 최고란 말이지. 학생회에서 쳐들어오기 전에 내가 먼저 쳐들어가면 그만 아닌가?'

옆에서 아카드의 모습을 지켜보던 폴의 몸에 오한이 들었다. 폴은 괜한 일에 끼어들었다는 후회도 했지만 이미 늦은 후였다.

'어차피 발을 빼기에는 늦었어. 이제는 한 배에 올라타는 수밖에…….'

낚시에 걸린 물고기는 잡히는 것 이외의 다른 선택권이 없다.

Chapter 5.
신입생 환영회

"개 같은 자식! 감히 나를 무시해?"

숲을 내려가던 루빈이 분을 참지 못하고 멈췄다. 그는 광기 어린 눈동자로 아카드와 폴이 있는 방향을 노려보았다.

루빈은 주머니에서 뭔가를 꺼냈다. 그의 손바닥에 나타난 것은 검은 수정구로, 그 안에서는 회색 연기가 끊임없이 회전하고 있었다.

루빈은 들고 있던 검은 수정구를 바닥에 던졌다.

"그로울리!"

루빈의 외침에 수정구에 갇혀 있던 연기들이 스물스물 피어올랐다.

회색 연기는 루빈 주변의 거대한 삼나무 사이를 휘저었다. 놀랍게도 연기가 지나간 거대한 삼나무들은 점점 시들더니 앙상하게 가지만 남았다.

얼마간 나무 사이를 휘젓고 다니던 회색 연기는 이윽고 더욱 생기 넘치는 움직임으로 루빈 앞에 모이기 시작했다.

뿌연 연기는 주변을 휘몰아치더니 천천히 인간의 형상으로 변했다.

"오랜만입니다."

인간의 목소리라고 하기에는 끔찍한, 탁하고 여러 갈래로 갈라진 목소리가 들려왔다.

"아저씨, 한 가지 부탁드릴 일이 있어서 연락드렸습니다."

"편하게 말씀하세요. 그분이 세운 원칙에 어긋나지 않는 일이라면 지원해 드리겠습니다."

무조건이 아닌 조건부라는 말에 루빈의 눈썹 끝이 올라갔다.

"반드시 들어주셔야 할 겁니다. 이건 제 개인적인 부탁이기도 하지만, 그분의 대리인이자 현재 마스터인 아버지의 뜻이기도 합니다."

"과연 그럴까요? 일단 꺼내 보십시오. 판단은 제가 하겠습니다."

"제가 이곳을 벗어날 수 없으니, 아저씨께서 솜씨 좋은 암살자 한 명을 소개시켜 줬으면 합니다. 가능하시겠습니까?"

"상대에 따라 달라지긴 하겠지요. 강한 인간입니까?"

"아니요. 완전 허약한 애송입니다."

"그 정도라면 충분할 겁니다. 추가금은 누가 내시는 걸로?"

"제가 사비로 내겠습니다. 단! 저의 흔적이 남지 않도록 해주십시오. 상대는 중앙 귀족의 아들이다 보니 원로원에서 쑤셔대면 곤란합니다. 단순한 사고사로 처리해 주셨으면 합니다."

"대상이 누굽니까?"

"해적왕의 외아들!"

"설마 메디아 가문의 후계자를 말하는 겁니까?"

"그렇습니다만, 무슨 문제라도 있습니까?"

"죄송합니다. 당분간 메디아 가문은 절대 손대지 말라는 결정이 내려져서 말입니다. 제가 책임질 수 있는 범위의 일이 아닙니다."

회색의 연기가 요동치고 있었다. 인간의 형태를 하고 있던 연기가 공중으로 사라지려는 것이다.

"제가 책임집니다. 마스터의 아들, 나 루빈이 책임진다고요!"

루빈의 고함 소리에 연기의 움직임이 멈췄다.

공중에 흩어진 회색 연기가 다시 한곳으로 모였다. 이번에는 인간의 형태가 아닌 네모난 판자의 모습으로 변했다.

네모난 판자는 천천히 루빈을 향해 다가오더니 팔을 뻗으면 닿을 위치에서 멈췄다.

"지독하군요. 알겠습니다. 쳇!"

루빈이 눈앞에 있는 네모난 회색 연기를 보며 어금니를 꽉 물었다.

그러고는 망설임 없이 자신의 엄지를 깨물었다.

루빈은 피가 뚝뚝 떨어지는 자신의 엄지를 판자로 가져갔다. 그러고는 망설임 없이 자신의 이름을 휘갈겼다.

"이제 됐습니까?"

루빈의 피를 머금은 회색의 판은 어느새 인간의 형태로 바뀌어 있었다.

"이것으로 메디아 가문의 일은 저와 아무런 관련이 없음을 알려드립니다. 암살자는 곧바로 준비해드리도록 하겠습니다."

"믿을 만한 자가 있습니까?"

"승급 전 마지막 의뢰에 실패하는 바람에 B급으로 강등되긴 했지만, 작년까지 S급 랭커에 가장 근접했던 암살자입니다. 이번 전쟁에서 연합군 귀족들의 의뢰를 받고 진 제국 총사령관 게일스를 암살한 놈이지요. 더 이상의 설명이 필요합니까?"

"좋습니다. 꼭 부탁드리겠습니다."

"그럼 이만."

회색의 연기가 회전하며 공중으로 흩어지기 시작했다.

인간의 형태로 모여 있던 연기가 사라지고 공중으로 완전히 사라지기 직전, 루빈이 질문을 던졌다.

"진 제국 4대 장군을 죽였을 정도의 암살자가 실패할 정도면 보통의 인물이 아닌 것 같은데, 혹시 마지막 의뢰 대상이 누군지 아십니까?"

연기는 언제 나타났냐는 듯이 공중으로 흩어지면서 마지막 말을 남겼다.

"검은 상인."

*　　　*　　　*

"뭣들 하십니까? 빨리빨리 움직이세요."

"저쪽 테이블 음식이 비었지 않습니까."

한때 후배였던 학생회 선도부원의 타박을 받으며 일꾼처럼 일하는 사람들.

바로 전 선배들이자 최고 직장에 들어갔다고 좋아했던 제국은행 인턴들이다.

그들은 뻘뻘 땀을 흘리며 메이드나 할 법한 일들을 묵묵히 해내고 있었다.

작년만 해도 똑똑하고 호랑이 같았던 선배들이었는데 지금의 모습을 보니 얼마나 서글픈지. 새삼 사회생활의 혹독함을 엿볼 수 있다고나 할까.

"어이! 여기 술이 떨어졌다고! 술 좀 가져와!"

학생회 선도부원으로 보이는 남학생 한 명이 빈 잔을 흔들며 고함쳤다.

"죄송합니다. 밤 12시부터 열리는 행사 때문에 더 이상 술을 제공하지 말라는 명령이 내려와서……"

"심부름꾼 주제에 가져오라면 가져올 것이지 뭔 말이 그렇게 많아! 내가 학생회 임원이야. 당장 술 가져와!"

인턴 직원은 어쩔 줄 몰라 한다.

"나쁜 놈의 자식. 아무리 그래도 작년까지 선배였는데 어떻게 저럴 수 있지?"

그 모습을 지켜보던 에레나가 벌떡 일어났다.

교수님들의 만류도 소용없었다.

"도저히 안 되겠어. 한마디 해야겠어."

하지만 그녀의 몸은 움직이지 않았다.

누군가 그녀의 팔목을 잡고 놔주질 않았다.

뒤를 돌아보니 가만히 술을 마시고 있던 안나가 고개를 흔들었다.

그녀는 평소와는 다르게 차가운 눈빛으로 경고했다.

"참아. 잘못 건드리면 일이 커질 수도 있어. 그런데 저 돼지가 어떻게 학생회 임원이 됐지?"

안나는 흥분하는 에레나를 억지로 앉히고는 지나가는 말로 툭 내뱉었다.

그녀는 의아해하는 표정으로 고개를 갸웃 흔들었다.

"아는 놈이야?"

"어. 위글이라고 술 먹으면 개가 되는 망나니 하나 있어. 그런데 어떻게 임원이 됐지?"

"몰랐어? 이번에 쟤네 아버지가 윌 상단주 됐잖아."

상단가의 딸인 피오라가 대답했다. 그녀는 상계에서 떠돌고 있는 이야기를 간략하게 알려주었다.

"말도 안 돼! 그렇다고 해도 저런 망나니가 학생회 임원이라고?"

"학생회 간부는 4대 상단가 자식들의 자리니까 꼴 보기 싫어도 어쩔 수 없지."

"아무리 인물이 없어도 그렇지. 학생회도 갈 때까지 갔네."

안나는 탄식을 하며 이마에 손을 갖다 댔다.

"에레나, 품위 없이 흥분하지 말고 앉으세요. 평소의 기품 넘치는 내 친구가 아닌 것 같습니다."

케리가 에레나를 향해 기품 넘치는 손짓으로 자리에 앉으라는 신호를 보냈다.

"선배 괴롭히는 걸 보고만 있으란 말이야?"

"그래도 참아."

"왜?"

"네가 움직이면 쟤네들도 움직여야 하고, 쟤네들이 움직이면 너희 오빠 귀에 들어가게 되잖아."

안나가 한쪽에 모여 이곳을 주시하고 있는 학생들을 가리킨다. 노블레스 클럽이 앉아 있었다.

그들은 공작 가문의 영애인 에레나가 화난 표정을 하자 잔뜩 긴장 어린 눈빛으로 살펴보고 있었다. 귀족 자제들의 권익 보호를 위해 설립된 동아리인 만큼 그들에게 에레나는 신경 쓰지 않을 수 없는 대상이었기 때문이다.

"너희 오빠가 알면 가만두지 않을걸? 노블레스 클럽 회장 출신이었잖아."

"그, 그럴까?"

"모르긴 몰라도 자기 동생 때문에 노블레스 클럽 애들이 학생회 애들과 싸움 났다고 소문나면 정보청 1국에서 네

자퇴서 대신 제출하러 올 거야."

안나가 자신의 오빠를 거론하자 에레나는 곧바로 시무룩해진다. 사실이기 때문이다.

아직까지도 몇몇 고지식한 가문에서는 여자가 아카데미에 입학하는 걸 원치 않는다. 그냥 조용히 집에서 신부 수업이나 받다가 혼처가 정해지면 시집가는 것을 미덕으로 여기니까.

제국 최고의 가문이라는 클라우스 공작가도 마찬가지다. 에레나의 합격 소식이 전해졌을 때 가장 반대한 사람이 총리대신이자 원로원 의장인 클라우스 공작이다.

그나마 에레나가 가문의 반대를 무릅쓰고 아카데미에 입학할 수 있었던 건 클라우스 가문의 자랑이자 후계자로 내정된 루시르 폰 클라우스 덕분이다.

당시엔 의외로 여겨졌다.

후처도 아닌 평민에게서 태어났다고 에레나를 가장 경멸했던 사람 또한 루시르 폰 클라우스였으니까.

대신 그는 '4년 동안 천한 핏줄이 귀족 행세 해보는 것도 나쁘진 않겠지.' 라고 비아냥거리며 조건을 붙였다.

첫째, 절대 가문의 명예를 먹칠하지 않는다.
둘째, 졸업 후 혼처가 정해지면 토 달지 않고 결혼힌디.

라는 조건이다.

결국 오빠를 떠올린 에레나는 시무룩해진다.

"이런 사건에 일일이 나서다가는 숙녀의 품위만 손상될 뿐입니다."

"주정뱅이랑 싸워봤자 너한테 이득 될 것이 하나도 없어. 만약 사귀고 싶은 상대라면 말리진 않겠지만. 상대를 자극해서 넘어오게 하는 고단수의 방법도 있지. 키킥."

궁내청장 어시스타 백작가의 영애인 케리와 피오라가 에레나의 처진 어깨를 두들겼다.

그래도 분이 풀리지 않는다. 뭔가 따끔한 맛을 보여줘 버르장머리를 고쳐놔야 하는데.

"이 새끼가 하라면 할 것이지 뭐가 그렇게 핑계가 많아!"

또 한 번 들려오는 큰소리.

고개 숙인 인턴 직원을 향해 위글이 머리를 툭툭 치며 보란 듯이 고함을 질렀다.

다른 학생들이라도 좀 도와주면 좋으련만.

못 본 척 고개를 돌려 외면하는 모습에 화가 치밀어 오른다.

'우리 강아지 또 한 번 사고 치겠네. 내가 또 나서야 하나?'

안나가 에레나를 바라보며 생각했다.

에레나의 무릎이 들썩들썩하는 것이 딱 사고 치기 일보 직전의 모습이다.

"에레나 넌 안 되지만⋯⋯."

"⋯⋯?"

"기사학과인 나는 가능하지."

"뭐?"

안나가 에레나에게 윙크를 보내며 천천히 일어난다. 그리고 테이블 앞에 있는 부지깽이를 손에 잡았다.

"오늘 돼지 한 마리 잡고 기사학과로 도망쳐 볼까? 학생회가 아무리 기세가 등등하다고 해도 기사학부까지 와서 따지지는 못하겠지. 퉤! 퉤!"

안나는 침을 손바닥에 묻혀 비벼댔다. 그러고는 검은색 부지깽이를 잡고 학생회 선도부들이 모여 있는 곳으로 걸어갔다.

'어떻게 하지? 괜히 더 일이 커지는 것이 아닐까?'

혼내주고는 싶은데 자신은 나설 수가 없는 상황이고, 친구의 손을 빌리자니 비겁한 짓 같고.

에레나는 친구의 힘을 빌려야만 하는 자신의 상황이 원망스러웠다.

'그 사기꾼이라면 이럴 때 어떤 방법을 썼을까?'

엉뚱하게도 에레나의 머릿속에 떠오른 인물은 아카드.

'그 왕재수 인간이라면 이럴 때 무슨 수가 있을 텐데.'

에레나의 머릿속이 바쁘게 돌아가는 와중에도 안나는 학생회 테이블을 향해 걸어가고 있다.

"일주일 정학 정도면 해결되겠지? 친구를 위해 일주일 정학이면 싸게 먹히는 거지."

안나는 오늘의 목표 위글을 바라보며 손에 들고 있는 부지깽이를 꽉 쥐었다.

점점 그들의 영역에 들어서는 순간 들려오는 다급한 목소리.

"안나! 잠시만!"

"응?"

안나가 발걸음을 멈췄다. 그리고 몸을 돌려 에레나를 바라보았다.

"잠시만 이리 와줄래?"

방금 전 억울했던 표정은 어디 가고 에레나는 자신감 넘치는 표정으로 안나에게 손짓했다.

"쟤 또 왜 저래?"

안나가 투덜거리며 되돌아갔다. 그녀는 걸어가면서도 부지깽이를 땅에 툭툭 내려쳤다.

"다리 아프게 왜 불러!"

짜증이 났는지 말투가 곱지 않은 안나에게 에레나가 다
가갔다.

"이왕 할 거면 말이지……."

안나 귀에 대고 시작된 에레나의 귓속말.

귓속말이 길어질수록 안나의 짜증스러운 주름은 펴지고
점점 놀란 표정으로 바뀌었다.

"어때. 좋은 생각이지?"

"하아!"

안나는 한숨을 푹 내쉬었다.

*　　　*　　　*

달이 올라오는 제국의 수도 그라프의 저녁.

그라프에서 가장 아름답고 거대한 저택 1순위로 꼽히는
클라우스 공작가에 거물이 방문했다.

거물의 이름은 제국은행장 소로스.

제국을 운영하는 세 명의 지배자 중 황제를 제외한 두 사
람의 은밀한 회동은 공작가를 술렁이게 했다.

소로스는 세 개의 문을 지나 클라우스 공작 별채를 방문
했다.

외문과 내문을 지나 클라우스 공작 집무실 서고를 통헤

서만 갈 수 있는 은밀한 별채는 몇 년 만에 처음으로 방문자를 허락했다. 후계자 루시르와 집사장을 제외하면 그 누구도 출입이 허락되지 않는 별채가 만남의 장소로 지정되었을 만큼 이번 만남은 특별했다.

소로스는 별채에 들어가자마자 주변을 둘러보았다.

별채의 방은 바닥도 벽도 천장도 짙은 검은색으로 통일되어 있다. 그리고 천장에는 아스테리아 대륙의 지도를 은색 입자를 흩뿌려 연출해 놓았다.

창문까지 두터운 커튼을 드리워 빛을 차단하고 있는 이 방을 밝혀주는 건 작은 촛불 하나뿐이었다.

거대한 별채 안에 가구라고는 침대와 책꽂이, 책상과 의자 두 개뿐이라는 것이 신기할 따름이다.

'이곳이 공작의 침실이군. 이런 곳에 있으니 암살자들이 못 찾을 수밖에.'

소로스가 속으로 감탄하고 있을 때, 어둠 속에서 굵은 목소리가 들려왔다.

"고리쟁이가 이곳에 어쩐 일인가?"

봄이 확연한 날씨에도 두꺼운 코트를 입은 장년의 중년인이었다. 모랫빛 머리칼에는 군데군데 백발이 섞여 있어 매서운 인상을 부드럽게 해주었다.

제국의 행정을 책임지는 총리대신이자 중앙 귀족을 이끄

는 원로원 의장 클라우스 공작 3세. 그는 소로스가 가장 싫어하는 말로 상대를 자극했다.

"장사꾼이 정치꾼 집에 왔을 때는 거래 말고 이유가 있겠습니까?"

공작의 인상이 찌푸려졌다.

하지만 이어지는 소로스의 말에 안색이 굳어졌다.

"이 기회를 놓치면 클라우스 가문은 영원히 2인자에서 벗어나지 못하겠지요. 아드님 소문이 대단하더군요. 별명이 젊은 사자라고 하던데? 이번에 최연소 황실 정보청 1국장으로 승진할 정도로 똑똑한 젊은이가 영원히 2인자에 머물러야 하는 상황이 분하지도 않으십니까?"

"무슨 소리를 하는지 모르겠군."

"자신보다 부족한 상사를 모시는 기분을 그 누구보다 잘 아시지 않습니까? 허수아비 황제로 인해 노틸러스 제국이 약해지고 있는 것에 가장 분한 사람이 선배님이시지 않습니까."

"허허허. 그새 장사치들이랑 어울리더니 장사꾼 다 됐군. 혀가 아주 매끄러워. 정치해도 될 정도야. 그래서 용건이 뭐지?"

클라우스 공작은 제국은행장답지 않게 '선배'라는 호칭을 쓰며 삼성석으로 호소하는 은행상의 날에 이재를 씌였다. 그의 손이 의자를 가리켰다.

별채에 들어와서 계속 서있던 소로스는 그제야 빈 의자에 엉덩이를 붙였다.

"저희가 클라우스 가문을 돕겠습니다. 제국의 주인이 바뀔 때까지."

"푸하하하하."

아무렇지도 않게 반역을 입에 올리는 은행장의 제안에 공작이 눈을 부릅떴다. 하지만 그것도 잠시, 별실이 떠나갈 정도로 박장대소를 했다.

"푸하하하핫! 나를 놀리러 온 건가? 어제까지만 해도 화폐실명제로 귀족 돈을 빼앗지 못해 안달이던 놈들의 대장이 나를 돕겠다고?"

"그렇습니다. 총리 각하의 말씀 한마디면 제국은행과 4대 상단이 수족처럼 움직일 수도 있습니다."

"물론 공짜는 아니겠고?"

소로스 은행장의 눈빛이 침착해졌다.

'걸려들었군. 역시 세월에는 장사가 없어. 그렇게 명석했던 양반이 황제 자리 한마디에 저렇게 흥분하다니.'

소로스는 차분한 말투로 공작을 설득했다.

"어려울 건 없습니다. 4대 상단의 자존심 보장과 화폐발행권을 약속해주시면 됩니다."

"첫 번째는 미끼고 화폐발행권이 주목적이군. 그렇지?"

화폐발행권.

제국의 통화인 실버와 골드를 생산하고 유통하는 독점권을 의미한다. 소로스가 화폐발행권을 원한다는 것은 제국은행을 대출로 이익을 얻는 곳이 아닌 정식 중앙은행으로 격상시켜 달라는 요구다.

중앙은행은 제국 전체에 유통되는 화폐를 발행하는 기관이다.

중앙은행 시스템에는 두 가지 권한이 주어진다. 이자율 조정과 화폐공급권(인플레이션)이다.

제국은행을 중앙은행으로 인정해달라는 것은 이자율 조정과 물가조정을 통해 제국의 모든 경제를 완전하게 통제하겠다는 것을 의미한다.

"역시 총리 각하를 속일 수는 없군요. 맞습니다. 제국은행은 화폐발행권을 원합니다."

"욕심이 너무 많아. 지금도 제국민들의 예금을 이용해서 제국 경제를 좌지우지하는 것으로 알고 있는데. 내 말이 틀렸나?"

"지금은 예금과 대출의 차액을 통해 근근이 먹고사는 고리쟁이에 불과하지요. 하지만 화폐발행권만 주신다면 제국 은행과 상단들이 힘을 합쳐 글라우스 가문을 귀족이 아닌 황실의 가문으로 만들어드리겠습니다. 손을 잡으시겠습니까?"

"흠…… 우리 가문이 제국을 차지하는 것치고는 시시한 요구인데?"

클라우스 공작은 대수롭지 않게 대답했다. 황제만 될 수 있다면 얼마든지 가져올 수 있을 것이란 자신감 때문이다.

중요한 것은 이 거래가 믿을 수 있느냐는 것이다.

"나를 어떻게 믿고 그런 제안을 하는 거지? 정치꾼의 약속은 언제나 변할 수 있다는 것을 모를 리 없을 텐데."

은행장 소로스가 회심의 미소를 지었다.

"정치꾼의 약속은 믿을 수 없지만 피의 결합은 다르지 않겠습니까?"

"피의 결합? 설마 자네 아들과 우리 가문의 딸을 결혼시키자는 말인가?"

"바로 보셨습니다. 이 정도 거래는 피의 결합이 없으면 성사되기 힘든 법이지요. 지금 따님은 평민 여인의 몸에서 태어났다는 사실쯤은 저도 알고 있습니다. 어차피 일회용으로 쓸 생각이 아니었습니까? 이왕 일회용이라면 비싼 가격에 파시지요?"

클라우스 공작은 생각지도 못한 은행장의 제안에 갈등하는 표정이다. 소로스 은행장 또한 느긋하게 기다리며 공작의 말이 떨어지기만을 기다리고 있었다.

땡. 땡. 땡.

뭔가 골똘히 생각하던 클라우스 공작이 책상 위의 종을 세 번 눌렀다. 잠시 은행장의 눈을 바라보던 공작은 무겁게 닫힌 입을 열기 시작했다.

"이야기가 길어지겠군. 서쪽 다인 왕국에서 커피라는 차가 들어왔는데 정신을 맑게 하는 데 아주 좋더군. 생각 있나."

공작의 말에 소로스의 안색이 풀리며 입꼬리가 스윽 올라갔다.

"아주 비싼 차를 대접받겠군요."

＊　　　＊　　　＊

"에레나 님! 지금 뭐라고 했습니까? 저 버러지 같은 평민에게 사과하라고요?"

"말씀이 심하시네요. 버러지라니요! 하늘같은 선배님께 무례하네요!"

신입생 환영회에 참석한 학생들의 이목이 요리 동아리 회원들 쪽으로 쏠렸다. 전혀 큰 소리가 날 수 없는 곳에서 험악한 소리가 들렸기 때문이다.

"후배분들, 저는 괜찮으니 그만하세요."

위글에게 구박받던 인턴 직원의 안색이 새파랗다.

자신 때문에 예쁜 후배가 변을 당할까 봐 두 사람 사이에 끼어 안절부절못하고 있다.

하지만 에레나는 그만둘 생각이 전혀 없었다. 지금 그만 둬버리면 계획한 일이 어긋나버린다.

"저러다가 봉변이라도 당하는 거 아냐?"

안나는 에레나가 무슨 변을 당하지 않을까 걱정스러운 눈빛으로 상황을 주시했다.

참을 만큼 참았던 에레나의 입이 천천히 열렸다. 남들에게는 들리지 않게 조용한 목소리로 위글에게 경고를 날렸다.

"사람은 신분에 관계없이 지켜야 할 예의라는 것이 있어. 네가 학생회 간부이든 뭐든 필요 없어. 당장 사과해! 그렇지 않으면 후회하게 될 거야."

"뭐라고 했어! 다시 말해봐!"

위글이 술김에 흥분하기 시작했다.

"야! 사람들이 여신이라고 받들어 주니까 눈에 보이는 게 없어? 어디 학생회 간부에게 협박이야! 죽고 싶어?"

평소 같으면 절대 하지 않았을 막말을 뱉어냈다. 기대가 실망으로 바뀌면서 술기운이 만들어낸 부작용이다.

방금 전까지, 위글은 에레나가 자신을 부른다는 말에 엄청난 기대를 안고 왔다. 그런데 자신을 부른 이유가 고작 인턴에게 사과하라는 말을 하기 위해서일 줄은 상상도 못했다.

"쌩! 기분만 잡쳤네! 여기까지 온 값으로 여기 있는 맥주는 내가 가져간다. 불만 없지!"

위글이 두툼한 팔로 술통을 어깨에 짊어졌다.

"못 가져가요. 사과하면 드리겠어요."

"장난치나? 이 금배지가 보이지 않아? 학생회 간부가 그렇게 만만해 보여? 인턴 뭐해! 어서 들어!"

위글은 인턴에게 눈을 부라렸다.

그러자 에레나가 술통을 부여잡고는 학생들을 향해 소리쳤다.

"학생회 간부는 선배에게 그런 식으로 대하라고 가르쳤군요. 참 대단한 학생회입니다. 재학생 여러분들, 안 그런가요?"

"대답할 놈 있으면 해……봐."

위글의 말끝이 흐려졌다.

윽박지르려고 학생들을 둘러보았는데 분위기가 심상치 않다. 특히 몇몇 남학생들의 얼굴에는 살기마저 비친다.

'이 새끼들이 돌았나. 왜 지래?'

남학생들이 가만히 있는 것이 이상할 정도다.

에레나의 목소리는 듣지 못했지만, 위글의 말투로 볼 때 이건 분명 그녀를 핍박하고 있는 것으로 보였다.

"으이구! 에레나 양, 학생회장님께 감사하십시오. 학생회장님 명령이 없었으면 큰 봉변을 당했을 거요. 알겠습니까?"

분위기가 이상한 것을 느낀 위글이 한발 물러섰다. 하지만 끝까지 자존심은 지키고 싶은지 술통을 가져가려 한다.

"귀가 어두운 모양이군요. 사과하기 전까지는 술 못 가져가요."

에레나가 술통을 잡았다.

위글은 비웃으며 에레나가 잡고 있던 술통을 들어 가볍게 휘둘렀다.

"아얏!"

"까불지 마! 분명히 말하지만 무서워서 피하는 것이 아니라 학생회장님 때문에 참는다니까!"

에레나는 비대한 위글의 힘을 이기지 못하고 쓰러졌다.

위글은 에레나를 비웃어 주고는 천천히 자신이 있던 자리로 돌아가려고 했다.

"저 새끼 뭐야?"

"학생회 간부면 다야? 감히 에레나 님께 폭력을 휘둘

러?"

학생들이 웅성거리기 시작했다.

몇몇 남학생들은 욕설을 퍼부으며 자리에서 일어났다. 단체로 뛰어나가 학생회 간부인 위글을 어떻게 할 기세다.

그때 학생들을 향해 고통스러워하는 표정을 짓던 에레나의 고개가 몰래 돌아갔다.

그녀는 친구들이 있는 곳을 향해 윙크를 날리고는 엄지와 검지를 동그랗게 말아 신호를 날렸다.

"이 돼지 새끼, 잘 걸렸다! 거기 안 서?"

용케 친구들의 만류로 참고 있던 안나가 맹렬히 돌진했다.

"선도부장님! 뒤를 조…… 조심하십시오!"

지도부 학생 몇 명이 소리쳤다.

하지만 위글은 지금 자신의 뒤에서 무슨 일이 일어난 건지 전혀 감이 안 잡히는 듯이 보였다. '술통이라도 건져서 다행이다'라고 생각했을지도 모른다.

그때였다.

"감히 내 친구를 때려?"

위글은 소리치는 대상을 확인한 순간 머릿속마저 백지상태가 되어버렸다.

넋이 나간 얼굴이 되어버렸다.

"돼지 새끼가 선도부 간부 되었다길래 인간 좀 되나 싶었더니 더 비열해졌잖아. 너 같은 놈은 죽어야 해!"

"안……나 님! 고정하십시오. 그러다가 정말 죽습니다."

선도부 학생들이 뜯어말린다. 안나는 듣는 척도 하지 않았지만.

"칼 대신 부지깽이도 쓸 만하네. 오늘 돼지 한 마리 잡자!"

그런데 두들겨 패는 안나의 표정이 밝다. 꽉 막혔던 둑이 한꺼번에 터진 것처럼 손놀림이 거침없다.

급해진 것은 선도부 학생들. 자신들의 상관이 이대로 죽는 것은 볼 수 없었는지 한꺼번에 튀어나왔다.

선도부 학생들이 안나가 여자라는 것도 잊고 팔다리를 하나씩 붙잡았다. 기사학부 랭커인 안나의 힘은 도저히 일반 남학생이 감당할 수 있는 수준이 아니었다.

문제는 안나뿐이 아니었다.

아카데미 학생들이 선도부 학생들에게 천천히 다가갔다. 학생들은 적의를 품은 눈으로 선도부 학생들을 압박해갔다.

"왜…… 이래! 다들 진……정하라고! 우리는 학생회 소속이라고."

선도부 학생들에게 어둠의 그림자가 천천히 다가오고 있

었다. 그들로서는 처음 당해보는 낯선 풍경에 학생회라는 이름으로 협박해보지만 소용없었다.

학생회에 다가온 최대의 위기.

사방이 학생들 벽으로 가로막힌 선도부 학생에게 구원의 목소리가 들려왔다.

"무슨 일 때문에 이런 소동이 일어났는지 제가 좀 알아도 되겠습니까?"

한 청년의 등장에 학생들의 행동이 석상처럼 굳어졌다.

"학생회장?"

남학생 한 명이 등장했을 뿐인데 분위기가 바뀐다.

학생들의 살벌했던 분위기가 학생회장이 주는 위압감으로 정리되는 느낌이다.

"잠시 비켜주시겠습니까?"

선도부 학생들을 가로막고 있던 학생들의 벽이 순식간에 갈라진다. 학생들은 자신도 모르게 엉거주춤 물러서며 루빈에게 길을 열어주었다.

"감사합니다."

"뭐, 뭘. 하하."

학생회장 루빈의 말에 근처에 있던 학생들이 멋쩍어하며 머리를 긁적인다. 방금 전의 모든 일이 잊힐 만큼 루빈에 대한 일반 학생들의 호감은 언청났다.

3년 연속 수석.

제국은행 후계자.

2년 연속 학생회장.

모든 것을 갖춘 남자가 일반 학생에게 친절하기까지 하자 분위기가 확 바뀐다. '감사합니다.'라는 말 한마디에 윗글을 잡아먹을 것처럼 굴던 일반 학생들의 기세가 누그러진다.

그 모습을 가장 불만 어린 시선으로 보는 무리들이 있었다. 일반 학생들을 뒤에서 부추기던 학생들.

노블레스 클럽 학생들이다.

처음으로 학생회 학생들의 망신스러운 모습을 볼 수 있었는데 아쉽다는 표정이 역력했다.

'학생회장 등장 타이밍이 기가 막히네. 소동이 조금만 더 이어졌어도 가을 선거까지 현 학생회를 부정적으로 몰 수 있었는데.'

노블레스 클럽의 힘은 군사학부에서 나온다. 어렸을 때부터 검술이나 마법 영재교육을 받은 중앙 귀족 자제들의 대부분이 군사학부에 입학한다. 군사학부의 50% 이상이 중앙 귀족 자제들로 구성되어 있다.

이러다 보니 행정학부에서 노블레스 클럽의 영향력은 떨어질 수밖에 없다. 행정학부는 일반 시민 학생들과 지방귀족 학생들, 상단가 자제들이 80% 이상이기 때문이다.

"거기 선도부 학생들, 이 사건에 대해 이야기해주겠어요?"

루빈이 기죽어 있는 선도부 학생을 향해 걸어갔다.

루빈의 등장으로 학생들의 압박에서 벗어난 선도부 학생들이 안도의 한숨을 쉬었다.

"그게 말입니다……."

"음."

학생들이 지켜보는 가운데 루빈은 선도부 학생들에게 다가가 한쪽 무릎을 굽혔다.

"편하게 이야기하세요."

학생들의 눈치를 보던 선도부원들은 천천히 이야기를 꺼냈다. 위글이 인턴 직원과 실랑이를 벌인 것부터 시작해서 안나에게 맞아 고통스러워하고 있는 상황까지 솔직하게 이야기했다.

예전 같으면 학생회의 과오는 축소하고 억울한 일을 부풀리겠지만 그러지 못했다. 학생들의 모든 이목이 자신들의 입을 바라보고 있었기 때문이다.

"음. 그렇게 된 일이군요. 그럼 일차적으로 책임은 인턴 직원께 있는 건가요? 제가 알기로 제국은행에서 아카데미 하생을 교객처럼 대하라는 공문이 내려온 것으로 아는데.

거기 인턴 직원분, 제 말이 틀렸나요?"

선도부원들이 학생회장을 보며 감탄한다. 순식간에 분위기를 잡더니 모든 책임을 단숨에 인턴 직원에게 몰아간다.

인턴 직원의 고개가 숙여졌다. 주변을 돌아보니 후배 재학생들이 자신의 시선을 피한다는 것이 느껴진다.

"네……."

에레나 옆에 있던 인턴 직원이 고개를 푹 숙였다.

학생회장의 말대로 MT 행사를 매끄럽게 진행할 수 있도록 돕는 것이 자신의 임무다.

위글이라는 돌발변수 덕에 어쩔 수 없다고 항변할 수도 있지만, 제국은행 감독관들은 핑계라고 여길 것이 분명하다. 신이 돕지 않는 이상 인턴 직원은 업무태만으로 잘릴 것이 확실해보였다.

"학생회장님, 말씀이 좀 이상하네요."

인턴 직원이 고개를 푹 숙이고 있을 때 지원군이 등장했다.

이 모든 계획의 설계자, 에레나다.

그녀는 기분 나쁘다는 티를 팍팍 내며 학생회장에게 당당하게 걸어갔다.

"제 말에서 틀린 점이라도 발견하셨습니까?"

"네. 아주 많이요."

"학생회장으로서 일의 선후 관계를 명확하게 판단해야겠다고 생각해서 공정하게 말한 건데, 혹시 제가 말한 것 중에 실수한 것이라도 있나요? 있다면 제가 정정하겠습니다."

훤칠한 키에 서글서글한 눈매, 자신감 넘치는 표정의 루빈은 에레나를 내려다보며 미소를 지었다.

'기분 나빠.'

정작 에레나의 표정은 좋지 않다. 자신을 바라보는 회장의 눈빛이 거북했기 때문이다.

'눈빛 때문일까? 왜 학생회장의 눈빛에서 거만함과 음흉함이 느껴지지?'

에레나는 이중적인 학생회장의 모습에 거부감이 생겨났다. 원래 그런 사람인 건 알았지만 오늘따라 유난히 근처에 있는 것도 싫을 정도였다.

"죄송합니다. 일의 선후관계라고 말씀하셨는데 순서가 틀리신 것 같네요."

"그런가요? 자세한 설명 부탁드리겠습니다."

"우선 가장 첫 번째는 학생회 간부가 지침을 어겼다는 것에서부터 사건의 발달은 시작되었어요. 학생회에서 특별행사 때문에 술을 더 이상 제공하지 않기로 했다고 들었는데 맞나요?"

"이 행사는 선도부 주관이라 자세히는 모르겠습니다. 정말입니까?"

학생회장 루빈이 선도부 학생들을 바라보며 묻는 시늉을 했다. 선도부 학생들은 학생회장의 눈치를 보며 고개를 짧게 끄덕였다.

"죄송합니다. 선도부에서 그런 결정을 내린 줄 몰랐습니다."

학생회장이 사과하는 모습을 보며 에레나는 실망을 금치 못했다.

이 정도밖에 안 되는 사람이었나? 대장처럼 등장했으면 책임질 줄도 알아야지, 불리할 때 아랫사람에게 전가하려고 책임의 범위를 선도부에 넘기다니.

책임 소재를 선도부로 한정지으려는 학생회장의 행동에 에레나는 실망을 금치 못했다.

만약 아카드였으면 이 상황에서 어떻게 했을까? 그도 부하에게 책임을 전가하려고 했을까?

아닐 것이다.

그와 지낸 시간이 길지는 않지만 지금까지 함께 지내면서 체험해본 바로는 손해를 보더라도 자신이 책임졌으면 졌지 부하에게 전가할 사람은 아니었다.

설령 부하 직원이 잘못했더라도 순간의 위기를 모면하기

위해 부하 직원에게 책임을 전가할 사람은 아니다.

　'내가 하는 일은 간단해. 까부는 놈한테 찾아가서
　협박도 하고, 만약 내 새끼 건드리면 그쪽 새끼 10
　명 잡아서 작살내는 거. 어때?'

에레나는 아카드가 처음 상단 직원들과 마주할 때 했던
말을 상기하며 인상을 찌푸렸다.
"그럼 원칙에 따라 선도부장을 학생회 내에서 징계조치
하도록 하겠습니다. 에레나 양, 만족하시겠습니까?"
"그럼 저 선배님은요? 선배님께서 불이익을 당하는 일은
없겠죠?"
"하하하. 그 사항은 제 소관이 아니라서 뭐라고 드릴 말
씀이 없군요. 제국은행의 내규에 따라 저분의 처분은 결정
될 것입니다."
이럴 줄 알았다.
자신에게 불리한 질문은 송사리처럼 빠져나간다. 보나
마나 오지로 발령을 내거나 대기발령이라는 치졸한 수를
쓸 테지.
그렇게 놔둘 순 없지.
"작년 학생회 선거에 들고 나왔던 공약은 거짓인가요?

원칙을 소중히 하겠다는 약속을 지키셔야죠."

"지금 원칙대로 처리하기 위해 제가 나선 거 아닙니까?"

"그럼 원칙을 지킨 선배님이 불이익을 당하지 않도록 약속해주세요. 그래 줄 수 있죠?"

"흠……."

에레나가 작년 선거 공약까지 끄집어내는 통에 루빈의 미소는 사라졌다.

Chapter 6.

쫓기는 아카드

　'한 번 져줘야겠군. 어차피 그녀의 인기는 내 야망에 큰 도움이 될 거니까.'

　루빈은 부친인 소로스에게 에레나와의 결혼에 대해 언질을 받은 상태다.

　'어차피 내 것이 될 여자니 나를 이김으로써 얻게 될 명성도 다 내 것이야. 그나저나 이렇게 가까이서 보니 정말 아름답군. 빨리 일을 서둘러야겠어.'

　에레나의 금색의 머리카락이 바람에 날릴 때마다 좋은 냄새가 주변으로 향기롭게 피어난다.

　'일이 다 끝난 후에 인턴 직원을 날려버려도 상관없겠

지.'

루빈은 에레나를 향해 어깨를 살짝 올렸다가 내렸다. 항복의 표시다.

하지만 루빈의 얼굴 표정은 밝았다.

"인턴 직원분, 이름이 어떻게 되나요?"

"램……지라고 합니다."

갑자기 학생회장 루빈이 직원을 바라보며 물었다. 인턴 직원은 갑작스러운 제국은행 후계자의 질문에 더듬으며 자신의 이름을 밝혔다.

"제가 연수원장님께 이야기해놓겠습니다. 오늘 일은 저희 학생회가 실수한 것이니 마음 푸셨으면 합니다."

"네…… 네. 감사, 합니다. 감사합니다."

학생회장의 말에 램지라는 인턴 직원은 고개를 계속 숙이며 인사했다.

"정말 다행이에요. 학생회장이 약속했으니 걱정하지 말고 오늘은 푹 쉬세요."

"네. 후배님. 아니 에레나 양, 정말 고맙습니다."

인턴 직원은 감격했는지 에레나의 손을 붙잡고 흔들었다. 제국은행 하나만 바라고 달려온 램지이기에 기쁨이 클 수밖에 없다.

"그럼 학생회 일이 있어 먼저 가보겠습니다. 위글에 대한 처분은 제가 알아서 해도 될까요?"

"네. 그 대신 다시는 이런 행패를 부리지 않도록 따끔하게 혼내주셨으면 해요."

"그건 걱정 안 하셔도 됩니다. 다시는 위글을 볼 일 없을 겁니다."

에레나는 그 말을 듣는데 섬뜩한 것을 느꼈다. 듣기에 따라서 잔인하게 해석할 수 있는 발언을 아무렇지 않게 내뱉는 루빈이 무섭다.

"아, 니. 그 정도는……."

"제가 알아서 하겠습니다. 학생회 일까지 참견하려는 것은 아니겠지요?"

루빈은 에레나에게 선을 분명하게 그었다. 더 이상은 내부의 일이니 참견하지 말라는 경고다.

'이 개자식은 에레나를 지켜보라고 했더니 술 처먹고 폭력을 휘둘러? 영원히 죽지도 살지도 못하게 만들어 주마.'

루빈은 아카드를 만나고 내려올 때 소환했던 흑마법사를 떠올리며 이를 갈았다. 그 눈빛이 얼마나 살벌했던지 학생회장 눈치를 보고 있던 선도부 학생들이 얼어버릴 정도였다.

"뭐해! 당장 끌고 와!"

루빈은 몸을 돌려 학생들 사이를 걸어갔다. 자신을 환영하는 자리가 아닌 만큼 오래 있을 필요가 없었다.

"학생회장으로서 공정한 판단 감사드려요."

에레나가 루빈을 향해 고개를 살짝 숙였다.

개인적인 감정과는 별개로 인턴 선배의 처분에 대한 감사의 표시는 하는 것이 인간의 도리다.

"당연한 일을 했을 뿐입니다. 그나저나 오늘 성희롱에 폭력까지, 학생회장으로서 책임감을 느끼게 되는군요. 폭력범은 잡았으니 성희롱범도 반드시 처리하도록 하겠습니다."

성희롱범. 아카드를 말하는 것이다.

"아니에요. 그 일은 오해에서 비롯된……."

"학생들의 치안을 지키는 일 또한 학생회 소관입니다. 그냥 맡겨주시면 감사하겠군요."

에레나의 안색이 창백해진다.

"아니에요. 그건……!"

"야호! 학생회장 최고다!"

"에레나 님도 만세!"

"빨리 변태 신입생을 잡아줘!"

에레나는 뭐라고 한마디 하려고 했지만 학생들의 환호성에 묻혀버렸다. 학생들은 학생회장의 공정한 처사와 선배를 위해 나서는 에레나에게 환호를 보냈다.

학생들의 목소리가 커질수록 에레나의 표정은 어두워지기 시작한다.

"어떻게 하지. 이거 일이 크게 번지기 시작하는데."

케리와 안나가 심각한 표정으로 다가왔다. 그녀들 또한 자신들의 유일한 동아리 신입생이 다치지 않았으면 하는 마음에서다.

그때 신입생으로 보이는 남학생이 머뭇거리다가 그녀들에게 다가왔다.

"뭐야! 누구지?"

안나가 남학생을 쏘아붙였다. 위글의 일도 일이지만 아카드 때문에 덩달아 민감한 그녀는 평소답지 않게 날카로운 모습이다.

"여기가 요리 동아리 맞나요?"

"그런데? 누구지?"

안나가 민감한 모습을 보이자 케리가 안나를 만류하며 말을 받았다.

"저는 신입생 폴이라고 합니다. 아카드의 부탁을 받고 왔는데요."

"뭐라고!"

"정말?"

"그 녀석 어디 있어!"

세 여학생의 입에서 동시에 질문이 쏟아진다. 폴은 세 여자 선배의 공격에 당황한 표정이다.

"기다려봐. 신입생분이 놀라잖아."

케리는 에레나와 안나를 뜯어말리며 편안한 목소리로 물었다.

"아카드 군의 부탁부터 들어봐야겠죠? 어서 말해보세요."

폴은 케리의 편안한 목소리에 잠시 한숨을 쉬더니 입을 열었다.

"선배님들께 테디라는 3학년 학생을 찾아달라고 하더군요."

"테디요? 3학년에 그런 학생이 있나?"

케리는 고개를 갸웃했다. 들어 본 적이 없는 이름이었기 때문이다.

"에레나, 안나. 너희들 테디라는 학생 들어봤어?"

케리는 친구들에게 물었다. 그런데 이상하게 두 사람이 아무 소리를 하지 않는다.

"왜 그래?"

아무런 대답이 없자 답답한 케리가 뒤를 돌아다본다.

"너희들 왜 그래?"

케리의 눈에 몸이 굳어버린 에레나와 그런 그녀를 추궁

하듯 노려보는 안나의 모습이 눈에 들어왔다.

잠시 후, 에레나는 비명과 함께 연수원으로 급하게 뛰어갔다. 그 뒤를 안나가 뒤쫓았다.

"아아아안 돼에에에에에!"

"에레나! 거기 서!"

＊   ＊   ＊

4월의 바람이 나무 사이를 휘저으며 아카드 주변을 맴돌았다. 바람들이 괴롭히는 통에 그는 눈을 뜰 수밖에 없었다.

더 자려고 해도 바람이 그의 머리와 얼굴을 간질이는 바람에 잘 잠이 들지 않는다.

"학생회장 루빈과 폴이라고 했지?"

캐리어가 바뀌면서 일어난 소동을 피해 마드리드 오두막으로 피신한 아카드는 천천히 상체를 들어 올렸다. 그는 오늘 만난 두 남학생을 상기하며 중얼거렸다.

우선 학생회장 루빈.

소문대로 대단한 자신감과 배짱을 가진 학생임은 분명했다. 자신에게 적대감을 가지고 있음에도 불구하고 영입하려는 시도를 하고 최대한 감정을 가게히는 모습은 학생들의 우두머리가 되기에 부족함이 없었다.

그러나 딱 거기까지였다.

그 나이 또래에 비해 대단한 것은 인정하지만 자신의 경쟁자라고 보기에는 많이 부족해 보였다.

특히 마지막에 감정을 숨기지 못하고 적의를 나타낸 부분은 자신이 전쟁터에서 만난 상단주들과 비교해 인내심이 많이 부족해 보였다.

결론은 있는 집 자식들치고는 대단한 야심과 배짱을 가지고 있다는 것 외에 별 볼 일 없어 보였다.

문제는 폴이다.

원래의 부정적인 모습에서 순식간에 성격을 바꾸는 폴의 모습에 아카드의 감정이 살짝 흔들렸다. 사물을 비판적으로 보는 시선과 어수룩하게 자신을 감추는 장점을 골고루 갖춘 인물이다.

오죽했으면 사람과 인간적인 관계 맺는 것을 극도로 꺼리는 자신의 관심을 끌었을까. 지금보다는 앞으로가 더 흥미로운 인물이라고 볼 수 있다.

"내가 조금만 다듬으면 물건이 되겠어. 승부사 기질도 다분하고."

속을 숨기는 사람이 싫다는 자신의 말 한마디에 모든 것을 밝히는 과감함과 조언 한마디에 카멜레온처럼 유연해지는 모습에서 감탄을 금치 못했다.

무엇보다 절제된 걸음걸이와 몸짓, 정제된 기운은 명가의 후손이 아니고는 나올 수 없는 것이다. 양자로 들어갔지만 양부가 얼마나 정성스럽게 키웠는지 단박에 알 수 있었다.

"문제는 한 가지를 더 숨기고 있는 것 같은데, 그게 뭐냐는 것이지."

나쁜 의도는 아니라는 것은 알았다. 눈빛을 보면 알 수 있었으니까. 단지 의도를 알 수 없다는 것이 찝찝하다.

꼬르륵!

생각도 배고픔 앞에서 단절되는 건 어쩔 수 없는 모양이다. 뱃속에서는 밥 달라고 아우성이다.

"주변에 먹을 만한 것 없나? 이대로 내려가다가는 쓰러질 것 같은데."

주변을 살펴보니 다섯 갈래로 갈라진 밝은 노랑색 꽃이 눈에 들어왔다. 풀이 많고 그늘진 곳에서 자생하는 앵초(Primrose)다.

"이건 뭐 전쟁터도 아니고. 여기서 앵초 잎을 쑤셔 넣을 줄이야."

앵초를 씹던 아카드의 얼굴에 쓴웃음이 절로 떠오른다. 문득 연합군 본진에서 편지지로 매점매석하다가 사령부 감사에 걸려 최전방으로 쫓겨났을 때가 생각이 났다.

휴전 협상이 이루어질 거라는 반가운 소식에도 불구하고 최전방의 상황은 점점 더 악화되고 있었다. 휴전이 결정되기 전까지 조금이라도 더 많은 이득을 챙기기 위해 수시로 전투가 일어났다.

휴전협상 막바지에 와서는 연합군의 보급 마차가 진 제국 정찰병들에게 약탈당하는 것이 당연할 정도로 상황이 열악해졌다.

살기 위해 적군이나 아군의 시체를 뒤져 먹을 것을 발견하면 다행이고, 대부분의 끼니를 풀을 뜯어 먹으며 연명했다.

"그때는 앵초가 먹을 만했는데…… 지금은 영."

도시 생활에 길들여져서인지 급한 대로 입 안에 쑤셔 넣었지만 밥 생각이 간절했다.

"학생회장이 무슨 준비를 했는지 한번 알아볼까?"

루빈의 태도를 보니 가만히 있을 것 같지 않았다. 분명 자신이 내려가자마자 음모를 꾸밀 것이 분명했다.

별 상관은 없었다.

이미 계획은 세워졌다.

폴에게 부탁을 해놨으니 테디를 데려오고 몇 사람만 준비되면 이 모든 연극이 완성될 것이다.

"그럼 아카데미 왕자를 잡으러 가 볼까?"

휘파람을 불며 내려가는 아카드의 발걸음은 산들바람처럼 가벼웠다.

*　　*　　*

"너 이리 잠깐 와봐!"

"안나, 잠시만. 나 지금 급해!"

에레나는 누가 뒤쫓아 오는 사람처럼 서둘렀다.

그러나 안나의 힘을 이길 수 없었는지 뒷덜미를 잡힌 채 한 발자국도 움직일 수 없었다.

"왜!"

"솔직히 말해. 너 아카드 군이랑 무슨 사이야."

악당 위글을 가볍게 물리치고 기분이 좋아진 안나가 돌변한 것은 폴의 등장 때문이다. 폴이 다가와 테디라는 이름을 언급하면서 그녀의 안색이 파래졌다.

"하나도 숨김없이 다 말해!"

안나는 확신을 갖고 추궁하는 태도로 에레나를 몰아붙였다. 그녀는 테디라는 이름을 누구보다 잘 알고 있었다.

절친 에레나가 공작가를 몰래 빠져나와 자신과 돌아다닐 때 쓰는 가명이기 때문이다.

에레나는 안나의 단호한 태도에 움츠러들었다.

"테디라는 이름은 네가 남장했을 때 쓰는 가명이잖아. 지금 이게 어떻게 된 노릇이야. 솔직히 말 안 하면 애들한테 불어버린다."

"알았어. 조용히 좀 해!"

에레나가 안나의 입을 황급히 막았다.

혹시나 다른 친구들이 들을까 눈치를 살핀 후, 솔직하게 털어놓기 시작했다.

"그게 말이지……."

"하나도 빠짐없이 다 말해. 나 지금 무척 화가 많이 난 상태야."

안나의 표정을 보니 그냥 넘어가지 않을 모양이다. 하긴 테디라는 가명을 아는 사람은 안나뿐이니까.

에레나는 한숨을 푹 쉬며 아카드와의 만남부터 그의 상단에 들어간 이야기까지 설명했다. 배 안에서의 일이나 드워프 라거와의 인수합병건 등은 빼고 간략하게 줄거리만 이야기했다.

"미쳤어? 너 지금 무슨 짓을 한 건지나 알아?"

이야기를 다 들은 안나의 눈이 큼지막하게 커졌다.

"미안해. 근데 밝힐 수가 없었어."

"미치겠네. 아카드 군도 그래. 너 남장한 거 못 알아봐?

대충 낮에 딱 보면 티가 날 텐데."

"응. 아직까지는 몰라."

"둘 다 어지간하다!"

에레나의 목소리가 기어들어간다. 안나는 이마를 손바닥으로 치며 '맙소사'라는 단어를 반복했다.

"그럼 아카드 군 상단 사람들도 아무도 모른단 말이야?"

"그건 아닌 거 같아. 대부분 알아차린 것 같긴 해."

"그렇겠지. 모르는 놈이 등신이지. 그런데 직원들이 아무 소리 안 하디?"

"응. 경리 직원 뽑기가 말처럼 쉽지 않잖아. 내가 또 회계 일을 잘하기도 하고. 헤헤."

"뭘 잘했다고 웃어! 이제 어떻게 할래? 너희 오빠는 알고 있어? 모르겠지. 알면 가만히 둘 사람이 아니지."

"아직 모르는 거 같아."

"그럼 아카드 군에게는 언제 밝히려고? 아니, 그게 문제가 아니지. 왜 그랬어? 그 이유나 알자."

"……."

에레나는 아무 말도 하지 못한 채 고개를 푹 숙였다. 몇 분을 기다렸을까? 그녀의 눈가에서 촉촉한 물방울이 바닥에 툭 떨어졌다.

"이 계집애가 이유 말하라니까 왜 또 울고 그래?"

"나, 2년밖에 안 남았……."

에레나가 모기처럼 작은 목소리로 중얼거렸다.

"뭐! 똑바로 말해봐."

"나 이제 2년밖에 안 남았잖아. 내가 하고 싶은 대로 할 수 있는 시간이. 나도 너처럼 하고 싶은 일을 하면서 살고 싶단 말이야."

에레나는 서럽게 주저앉았다.

눈물을 뚝뚝 흘리는 친구의 모습에 안나가 그녀를 안았다. 그녀는 아무 말 없이 친구의 등을 두들겼다.

안나는 남장까지 하며 속여야 하는 에레나의 아픔을 누구보다 잘 알고 있기에 안타까운 표정을 지으며 위로했다.

에레나에게 자유롭게 주어진 시간은 졸업 전까지다.

그 이후에는 보통의 귀족 영애들처럼 신부가 되기 위해 저택에 갇혀 온갖 수업을 받아야 한다. 졸업하자마자 죄수나 다름없는 답답한 삶이 친구 앞에 놓여 있었다.

안나는 이런 에레나의 속사정을 알고 있기에 말문이 막힌 것이다.

그러나 할 말은 해야 한다.

그렇지 않으면 더 큰 상처를 받게 된다.

"에휴! 그래도 이건 아니잖아. 일단 그만 그쳐봐. 뚝!"

"흑. 흑. 알았어. 잠깐만."

안나가 에레나를 다독였다.

에레나의 작은 어깨가 부르르 떨리고 있다. 에레나는 안나가 손에 쥐여 준 손수건으로 눈가를 정리했다.

"미안해. 말 못 해서."

"으이구. 당장 어떻게 할 거야? 아카드 군이 테디 찾아 내라잖아."

"나도 방법을 잘 모르겠어."

"차라리 아카드 군에게 솔직하게 밝히는 게 어떨까?"

"안 돼! 그럼 나 당장 상단에서 쫓겨날 거야."

"아니야. 솔직하게 이야기하면 사정을 봐줄지도 몰라. 네가 매번 입버릇처럼 하는 말 있잖아."

"뭐?"

"사람의 진심은 통한다는 말. 진심으로 사정을 설명하면 이해해줄지 몰라. 걔가 겉으로는 강해 보여도 속으로는 여린 것 같던데, 솔직하게 이야기하자."

"아니야. 네가 그 인간을 안 겪어봐서 그래. 바늘 하나 찔러도 안 들어갈 인간이야!"

"그럼 언제까지 속이려고! 내가 아카드 군에게 대신 말해줄까?"

계속되는 에레나의 고집에 안나는 그만 소리쳤다. 결말이 훤히 보이는데 자꾸만 고집을 피우니 화가 날 수밖에 없었다.

"이 바보야! 이러면 나중에 너만 더 상처받는다는 걸 왜 모르니."

"알았어! 알았다고!"

"정말 밝힐 거야? 언제?"

"일단 아카드 군 누명 벗기고 나서. 아까 학생회장을 보니까 뭔가를 꾸미고 있는 것이 분명해."

"정말이지? 꼭 밝히는 거다? 힘들면 말해. 내가 도와줄게."

에레나의 대답을 듣자마자 안나의 표정이 풀린다. 안나는 에레나를 폭 껴안으며 등을 두들겼다.

"그런데 계획은 있어? 당장 테디를 어떻게 만들어낼 거야? 머리카락이나 얼굴 골격은 네 화장 마법으로 가능하다고 해도 남자 의상이랑 수염은 어떻게 할 건데?"

"나도 걱정이야. 어디서 얻을 수 없을까?"

그때였다.

「학생회에서 알립니다. 학생회에서 가장무도회에 쓰일 소품과 의상을 제공하오니 연수원 로비로 모여주시기 바랍니다. 참고로 원하는 의상은 선착순입니다!」

저 멀리서 학생회 학생들이 마법 확성기를 들고 광고를 하고 있었다.

에레나가 '나이스!'를 외치며 안나를 바라보았다.

남학생들 의상 코너에 가면 붙이는 수염쯤은 쉽게 구할 수 있다.

"나 먼저 갈게. 이따가 봐."

"내가 같이 가줘?"

"아니야. 넌 폴이라는 신입생을 데리고 와줘. 식당에서 만나자."

"식당? 거긴 왜?"

"아카드 군 오늘 하루 종일 굶었단 말이야. 간단한 샌드위치라도 만들어주려고. 그럼 좀 이따가 봐."

에레나는 안나에게 손을 흔들며 의상과 소품을 나눠주는 곳으로 뛰어갔다. 의상은 관계없지만 수염 소품은 꽤나 인기 아이템이라 빨리 가지 않으면 없어진다.

안나는 그런 에레나의 뒷모습을 아련하게 바라보았다.

* * *

"이 정도면 되겠지?"

에레나는 거울을 살펴보며 이리저리 모습을 점검한다.

"압박 붕대도 했고, 머리카락도 묶었고. 다 되었나?"

마법을 통해 금모랫빛 머리카락은 좀 더 갈색으로 진해

지고, 얼굴 윤곽은 좀 더 날카롭게, 눈동자 색깔은 에메랄드빛에서 사파이어빛으로 바뀌었다.

"아, 맞다. 콧수염."

양쪽으로 갈라지는 콧수염까지 붙인 그녀는 옆으로 고개도 돌려보고 턱을 올려보기도 하고 완벽을 기하기 위해 신중했다. 왠지 그녀의 모습은 즐거워 보인다.

에레나는 벽에 걸린 시계를 보았다.

지금 시간은 밤 11시.

"가장무도회는 3시간이면 넉넉하겠지?"

변장 마법.

사람의 외모를 변장시키는 것으로 지속 시간은 마법 숙련도에 따라 다르지만 에레나의 경우에는 6시간이다.

그렇지만 오늘 한꺼번에 다 쓸 수는 없다. 내일 저녁에는 상단으로 출근해야 하기 때문이다.

완벽하게 변신에 성공했다고 여긴 에레나는 전신 거울 앞에 섰다.

검은색 가죽 바지와 팔을 걷어 올린 하얀 실크 셔츠, 남자벨트가 너무 커서 멜빵을 한 모습을 확인했다.

"완벽해!"

이러는 사이에 벌써 10분이 흘러 11시 10분.

가장무도회 장소로 이동하기 위해 남은 시간은 50분.

여장에 비해 남장이 확실히 빠르긴 빠르다. 여자들은 코르셋 입는 데만 대충 10분 이상을 잡아먹는다.

그것도 혼자서는 절대 할 수 없다. 또한 장갑, 스카프, 액세서리, 가발에다가 화장까지 하면 1시간도 모자란다.

그에 반해 남자는 대충 바지와 셔츠, 재킷만 입으면 끝이니 너무 편하다.

모든 준비는 끝났다. 이제 할 일은 하나.

"그 사기꾼, 오늘 쫄쫄 굶었겠지? 그래도 고생했으니 동아리 선배로서 샌드위치 정도는 만들어줘야겠지?"

*　　　*　　　*

"목표물이 사라졌다고?"

"네. 분명히 방 안에 들어간 것은 확인했는데 사라졌습니다. 혹시나 해서 비상키로 방문을 열고 들어가 봤으나 아무도 없었습니다."

붉은 완장을 어깨에 찬 남학생이 제국은행에서 초빙한 검은 복면을 쓴 사내 앞에서 쩔쩔맨다.

나름대로 학생회장 루빈의 최측근으로 남들보다 용감하다고 자부했지만, 검은 복면 남자 앞에서 그 자신감이 여지없이 무너졌다.

검은 복면 사내 앞에서는 맹수 앞에 놓인 먹이 신세다.

당연히 그럴 수밖에 없다. 검은 복면을 한 사내는 사람 목숨을 파리처럼 비틀어버리는 직업 살수, 암살자였다.

"등신이군. 급하게 의뢰를 했으면 최소한 내가 도착했을 때 목표물 위치 정도는 바로 확인할 수 있게 감시해줘야 할 것 아닌가. 남자도 아니고 계집 하나 감시하는 일이 그렇게 어려워?"

"죄송합니다. 분명히 들어가는 모습은 확인했는데……."

에레나를 감시하던 남학생은 고개를 푹 숙이고 있었다.

"참 황당한 일이군. 공작 딸내미가 텔레포트 마법을 쓰는 마법사도 아니고, 어떻게 흔적도 없이 사라질 수가 있지? 혹시 문밖으로 나온 다른 사람은 없었나?"

"있었습니다!"

남학생이 기억을 더듬으며 고개를 번쩍 들었다.

"왜 말을 안 했지?"

"콧수염까지 있는 남자라서 미처 보고를……."

"멍청한 놈! 당장 밖으로 나가서 찾아!"

암살자가 남학생을 향해 고함을 지르자 남학생이 재빨리 문을 열고 사라진다.

"요즘은 저런 덜 떨어진 놈들도 학생으로 뽑나? 그런데 꽤 맹랑한 아가씨야. 어떻게 남장할 생각을 했지? 설마 계획이 탄로 난 건가?"

암살자가 오른손으로 턱을 만지작거리며 생각에 잠겼다. 이제 관건은 남장을 한 공작 영애가 어디에 있는가와 어디까지 알고 있느냐이다.

"단순히 가장무도회 때문에 남장한 것은 아닐까? 혹시 그쪽 취향? 흠, 그럴 수도 있어. 점점 복잡해지는군."

그때 갑자기 문이 열리고 자신에게 보고하던 붉은 완장을 찬 남학생이 달려왔다.

"찾았답니다. 지금 식당 주방에 있답니다."

"공작 영애는 내가 알아서 약속 장소에 데려갈 거니까, 네놈은 애카드인지 아카드인지 하는 놈이나 찾아봐. 정 못 찾겠거든 몽타주라도 그려 오든지."

*   *   *

사람들의 이목을 피해 식당에 도착한 에레나는 조심스럽게 식당 문을 열었다.

'아무도 없겠지?'

에레나가 천장에 달린 마법 등을 밝히기 위해 벽을 천천히 더듬었다. 스위치를 찾기 위해서다. 벽의 까칠까칠한 촉감을 느끼며 더듬고 있을 때 뭔가 딱딱한 것이 손에 잡혔다.

"찾았다."

딱딱한 것을 손가락으로 올리자 틱! 틱! 소리와 함께 천장의 마나구가 지이잉! 하는 소리를 내며 예열을 시작했다.

"주방이 안쪽이었지?"

200명이 식사를 해도 넉넉할 만큼 큰 식당이기에 입구에서는 주방이 잘 보이질 않았다. 에레나는 천천히 주방으로 걸어갔다.

주방의 문을 열고 스위치를 올리자마자 화려한 조리대와 각종 식기, 재료들이 한눈에 들어온다. 샌드위치 하나를 만들기에는 아까운 주방이다.

"빵은 선반 위에 있고 야채나 고기는 어디에 있으려나?"

주방을 둘러보던 에레나의 시선이 어느 곳에 멈췄다. 그녀의 시선이 향한 곳은 네모난 박스. 에레나는 조심스럽게 다가가 네모난 박스 뚜껑에 달린 손잡이를 양손으로 들었다.

"음식을 차게 만들어 주는 마법 냉장고가 시제품으로 풀렸다고 하더니 이거구나. 와! 신기하다."

에레나는 냉장고 안에 있는 돼지고기로 추정되는 붉은 육류와 샐러드를 만들 야채와 과일을 하나씩 꺼냈다.

"그럼 시작해 볼까?"

에레나는 주방에 걸려 있는 검은색 앞치마를 두르고 까치발로 선반에 있는 바게트 빵을 가져왔다. 주방 한구석에 걸려 있던 도마를 조리대에 올려놓았다. 그 위에 바게트를 올려놓고 빵 칼로 4등분했다.

"이제 드레싱을 만들어볼까?"

마법 냉장고에서 꺼낸 키위와 레몬의 껍질을 벗겨내 갈았다. 드레싱을 만들기 위해서다.

에레나는 냉장고에서 가져온 야채들을 흐르는 물에 깨끗이 씻어 큰 그릇에 넣었다. 그 위에 갈아낸 과일 드레싱을 부어 버무렸다. 그녀는 새끼손가락으로 맛을 본 뒤 고개를 끄덕였다.

'이 정도면 됐어!'

그런데 제일 중요한 것이 빠졌다.

샌드위치에 고기가 빠지면 섭섭하다.

에레나는 육류를 도마 위에 올려놓은 뒤, 조심스럽게 잘라내기 시작했다. 질긴 힘줄이 섞이지 않도록 그녀는 집중해서 고기를 발라냈다.

주방의 문이 열리는 것도 모를 정도로 에레나의 신경은 온통 고기 자르는 것에 쏠려 있었다.

"휴우. 이 정도면 처음치고 잘 자른 거겠지?"

"꽤 잘했어."

"감사합니다. 꺄아아!"

순간적으로 에레나는 비명을 질렀다.

어느새 에레나 앞에 키 큰 사내가 서 있었다. 온몸을 검은 천으로 가린 남자는 에레나를 날카로운 눈빛으로 내려다보았다.

"누, 누구세요?"

Chapter 7.
에레나 납치 사건

"내 주방에서 뭐하는 짓이지?"

"혹시 요리……사?"

"내 질문을 제대로 못 들었나? 남의 식재료로 뭐하는 짓이냐?"

요리사에게는 어울리지 않는 복장이지만 주방에 무단으로 침입한 것은 에레나다. 그녀는 검은 복장의 사내에게 허리를 숙여 정중하게 사과했다.

"죄송해요. 제가 급하게 만들 요리가 있어서 사용했어요. 기분 나쁘셨다면 사과할게요."

하지만 의외로 검은 복면의 사나이는 쿨했다.

"뭐 그렇게 만들고 싶은 요리가 있으면 만들어야지. 고기는 너무 낭비를 했군. 힘줄에 살이 너무 붙었어. 쯧쯧."

"죄송합니다. 제가 아직 요리 초보라 서툴러요. 비용은 꼭 물어드리겠습니다."

"됐어! 됐어! 이건 샐러드인가?"

사내는 양배추 하나를 집어 들고는 한 입에 넣었다.

"키위와 레몬을 썼군. 아주 좋아."

"아…… 네."

그런데 검은 복면을 쓴 사내의 동선이 이상하다. 에레나 주변을 빙글빙글 돌며 유심히 관찰하고 있다.

에레나는 미안한 마음에 고개를 푹 숙이고 있지만 그로 인해 사내는 그녀의 목선과 턱 선의 연결 부분을 더 자세히 볼 수 있었다.

"됐어. 이제 고기만 구우면 다 된 것 같은데 정리는 깨끗이. 잘 알지?"

사내는 회심의 미소를 지으며 에레나 옆에 비어 있는 조리대로 다가가 돼지고기를 썰기 시작했다.

"네. 깨끗이 정리해놓고 가겠습니다."

에레나는 사내의 복장이 의심스러웠지만 다 된 요리를 멈출 수는 없었다.

'그래, 10분만 참자! 10분 안에 다 완성될 거야.'

가볍게 술과 소금, 허브 등으로 고기 간을 하고 느끼하지 않도록 올리브기름을 팬에 둘렀다.

　사실 가장 담백하게 익히기 위해서는 오븐을 쓰는 것이 좋지만 이 정도 대형 오븐은 조작할 줄도 모르거니와 익는 정도를 보려면 익숙한 팬이 제일이다.

　'기분이 묘하네. 애인 생기면 만들어 주려고 열심히 연습했던 레시피인데. 첫 시식을 아카드 군이 하게 된다고 생각하니 조금 심술 난다. 그 인간은 트집 잡을 게 분명한데.'

　고기가 다 익어갈수록 에레나의 경계심도 조금씩 풀리기 시작했다. 검은 복장의 사내는 자신에게 말도 걸지 않고 묵묵히 고기만 썰고 있었다.

　고기가 거의 완성되면서 에레나의 표정은 더 밝아졌다.

　'드디어 완성! 먼저 맛 한번 볼까?'

　에레나는 우선 익은 고기 끝부분을 살짝 뜯어내 맛을 보았다. 오물오물거리는 그녀의 표정이 밝다.

　'첫 요리치고 이 정도면 대박인데?'

　육류를 구웠는데도 질기지 않고 탱글탱글하다. 잘 익혀졌고 냄새도 딱이다.

　"고기가 잘 익혀졌나 봐. 여기까지 좋은 냄새가 나는데."

　"고기가 좋으니까 맛있게 되나 봐요. 다시 한 번 감사드려요."

그녀는 드디어 준비한 재료들을 미리 반으로 잘라놓은 바게트 빵 위에 하나둘씩 올려놓았다.

'드디어 완성! 이제 출발해 볼까?'

그녀는 완성된 샌드위치를 주변의 냅킨을 이용해 하나하나 정성스럽게 포장했다. 포장된 샌드위치를 종이봉투에 조심스럽게 담았다.

에레나는 뒷정리를 시작했다. 무단으로 침입하여 남의 귀한 식재료를 썼으니 깔끔하게 정리하는 것이 예의다.

사용한 야채들과 과일 껍질은 쓰레기통에 집어넣고 물걸레로 주방에 흘러내리는 핏물도 말끔히 제거했다. 정리를 마친 에레나가 사내에게 방해되지 않게 옆으로 다가갔다.

"저 이만 가 볼게요. 실례가 많았습니다."

에레나는 그냥 가기에는 염치가 없었는지, 정성스럽게 준비한 샌드위치 하나를 사내 옆에 조심스럽게 올려놓았다.

"에레나 양, 공작 영애가 손수 만든 귀한 음식을 내가 먹어도 되겠나?"

"아니에요. 저도 처음 요리한 거라……."

갑자기 에레나의 심장에서 쿵하는 소리가 났다.

'지금 저 사내가 나한테 에레나라고 했어? 어떻게 된 거지, 내 변장이 풀렸나? 그것보다 내 이름을 어떻게 아는 거

지?'

에레나는 주방 조리대에 비친 자신의 얼굴을 살펴보았
다. 달라진 것은 없다. 콧수염까지 달고 있는, 테디로 변장
했을 때의 모습 그대로다.

"아무리 변장 마법을 써도 숨길 수 없는 것이 있지. 변장
마법을 쓰면 턱선과 목선의 이음새가 틀어지거든. 가장무
도회 때문에 변장한 건가?"

"당신 누구세요! 요리사라는 말, 거짓말이죠?"

"수많은 직업 중 하나가 요리사라는 건 사실이야. 우리
같은 업종의 사람들은 하나의 직업을 가지면 경쟁력이 떨
어지거든."

에레나는 천천히 뒷걸음질 쳤다. 검은 복면의 사내는 천
천히 그녀에게 다가왔다.

"당신은 누구죠? 누구의 사주를 받고 이런 짓을 벌이는
건가요?"

"질문이 너무 많아. 샌드위치를 만들어 준 대가로 하나
는 대답해주지. 수많은 직업 중 지금은 납치범이야."

암살자가 엄청난 속도로 달려들었다.

에레나는 깜짝 놀라 자기도 모르게 비명을 질렀다.

"꺄아아아아아아!"

정체불명의 남자는 에레나가 비명을 지르자마자 하얀 손

수건을 꺼내 그녀의 입을 막았다.

에레나는 발버둥을 쳐보지만 남자의 힘을 당해낼 수는 없었다. 그녀의 움직임은 점점 둔해지고 1분이 지나기도 전에 움직임이 완전히 멈췄다.

곧 방으로 남학생이 들어왔다.

"에레나 양이 확실합니까?"

"확실해. 퇴로는 확보했나?"

"물론입니다. 이쪽으로 오시죠."

*　　*　　*

암살자들이 빠져나가고 로비가 한산해질 때 식당 근처로 남학생과 여학생 한 쌍이 등장했다.

안나와 폴이 식당 주변을 둘러보다가 아무도 보이지 않자 식당 문 앞에 다가갔다.

"선배님, 이거 봐요."

"이런 게 언제 붙었지? 저녁 때 못 본 것 같은데."

저녁 먹을 때까지만 해도 보이지 않던 경고 팻말이 붙어 있었다.

'내부 수리 중'이라는 큰 글자 아래 붉은색으로 '무단으로 출입시에는 제국은행에서 배상 책임을 묻겠음!'이라는 경고 문구가 적혀 있다.

"얘가 아직 안 왔나?"

아무리 둘러봐도 테디로 변신한 에레나의 모습은 보이지 않았다.

"넌 저쪽으로 찾아봐. 난 이쪽으로 찾아볼게."

두 사람은 식당 로비 문을 중심으로 흩어졌다.

*　　　*　　　*

"테디가 없어?"

폴의 안내에 따라 신문 동아리 방에 숨어 있던 아카드는 두 사람을 보며 한심한 표정을 지었다. 학생 한 명 데려오는 데 실패한 폴과 안나 때문이다.

'토마스를 MT에 데려올 수도 없고, 사람 하나 찾는 게 이렇게 힘드나? 안나 선배야 원래 덤벙거리니까 그렇다고 쳐도, 폴은 보기와는 달리 실망인데?'

누명을 벗기 위해 테디는 반드시 필요한 증인이다. 자신의 캐리어를 구입한 사람이 토마스와 테디이기 때문이다.

"약속한 장소에 갔더니 없었어. 미안해."

폴은 억울한 표정을 지었다. 전하라는 말도 전했고 안나 선배의 말을 믿고 기다렸기 때문이다. 그러나 테디를 데려오지 못한 죄 때문에 아카드의 눈을 못 마주치고 있었다.

"걔가 약속을 어기는 그런 아이가 아니거든. 아무래도 무슨 큰일을 당한 것 같아."

테디가 학교에서는 제법 내숭을 떠는가 보지? 충분히 그러고도 남을 녀석이긴 하다. 그 녀석 때문에 피해 본 게 얼만데.

"핑계는 됐으니까 두 사람 다 나가."

아카드가 퉁명스럽게 말했다. 표정은 두 사람 다 꼴 보기 싫다는 표정이다.

"테디가 없어졌는데 넌 걱정도 안 돼? 어떻게 사람이 그럴 수 있어?"

"전혀 걱정 안 되는데? 약속한 장소에 나타나지 않았을 때는 그만한 이유가 있겠지."

아카드는 전혀 신경 쓰이지 않는다는 표정으로 대답했다.

'나를 골탕 먹인 것을 알았으니 도망갈 만하지. 걸리기만 해봐. 내가 목숨을 걸고 쫓아내고 만다!'

그의 오해는 점점 깊어지고 있었다.

갑자기 안나가 책상을 쾅 내리치며 소리쳤다. 뭔가 굉장히 답답한 표정이다.

"좀 믿어줘! 테디가 갈 만한 곳을 다 찾아봤다니까. 뭔가 일이 생긴 것이 분명해!"

"내일 MT가 끝나면 저절로 나타나겠지! 테디가 뭘 그리 대단한 사람이라고. 정 급하면 학생회에 신고하든지."

아카드가 안나를 어이없이 바라보았다. 친구라고 해도 평범한 아카데미 학생에게 너무 호들갑 떠는 것 같아서다.

"그건……."

안나의 말문이 막혔다. 만약 학생회에 신고했다가 납치 사건이 아니라면 학생회의 공격으로 곤경에 처할 것이고, 테디의 정체가 에레나라는 것이 밝혀지기에 끙끙 앓고 있었다.

'뭔 수가 없을까? 뭔가 그럴싸한 거짓말이 필요한데. 난 이렇게 머리 굴리는 스타일이 아닌데, 에레나 이 계집애 때문에 미치겠네.'

그녀 혼자 이 넓은 연수원을 다 뒤질 수는 없다.

"테디가 너한테 꼭 전해야 할 중요한 물건이 있다고 했어. 학생회 애들로부터 반드시 지켜야 한다고 했어. 그래도 안 찾을 거야? 그럼 학생회에 신고한다?"

"중요한 물건?"

안나가 눈을 질끈 감고 아카드를 향해 거짓말을 했다. 하지만 그것으로도 부족했는지 폴의 옆구리를 찌른다.

같이 동조해달라는 신호다.

폴은 별로 내키지 않았지만 일단 중요한 물건은 보고 싶었다.

그래서 테디라는 본 적도 없는 선배가 학생회에게 중요한 물건을 뺏기지 않았으면 하는 마음에 안나를 거들었다.

"친구에게 중요한 물건 같은데? 혹시 짐 가방이 바뀌면서 남들에게 걸리면 안 되는 물건이라도 있었어?"

폴은 혹시나 해서 던진 말인데 아카드의 표정이 뭔가 이상하다.

"남들에게 걸리면 안 되는 물건?"

"아카드 너 에레나 선배 가방 봤다면서. 혹시 중요한 물건이라도 있었어?"

"아니."

"그래? 네 가방에는 남들에게 숨겨야 하는 물건 같은 거 없었어?"

"내 물건이라고 해서 특별한 게 있겠…… 잠시만!"

"왜? 뭔가 생각났어?"

토마스가 MT 떠나기 전에 뭐라고 했더라?

"제가 깜짝 놀랄 만한 선물을 준비했습니다."

아카드의 얼굴이 굳었다. 갑자기 이마에 땀이 흐른다.

'설마 그 선물이 내가 생각하는 야설?'

아카드는 고개를 좌우로 흔들었다. 절대 그 선물이 아니 기만을 바라는 마음으로.

*　　*　　*

에레나가 눈을 뜨자 흐릿한 시선 한가운데 흐릿한 불꽃 이 춤을 추고 있었다. 주변은 온통 어두웠다.

그녀의 에메랄드 빛 눈동자에 낯선 곳에 대한 두려움이 잔뜩 담겼다.

'아파!'

에레나는 일어나려고 했다.

"읍! 읍!"

그러나 입과 손발을 뭘로 묶어놨는지 움직일 수도, 비명 을 지를 수도 없었다.

"일어났나?"

자신을 납치했던 사내다.

그는 에레나의 상태를 보더니 만족한다는 표정을 지으며 웃었다.

"조용히 계셔야지. 귀하신 몸인데 앙탈 부리시면 쓰나? 에레나 공작 영애. 얌전히 있는다고 약속하면 재갈 정도는 풀어줄 수 있지."

에레나는 고개를 세차게 끄덕였다.

납치범은 약속대로 입에 물린 끈을 살짝 내려주었다.

재갈이 풀리자마자 에레나는 차분한 말투로 물었다.

"누가 시킨 일인가요?"

이름을 알고 있다는 것은 자신의 정체를 알고 행한 계획적인 범행이라는 뜻이다.

정신만 똑바로 차리면 드래곤에게 붙잡혀도 살 수 있다는 말이 있다.

에레나는 이럴 때일수록 차분해져야 한다고 마음먹었다.

'목적이 뭐지? 몸값을 타내기 위해? 아니면 나를 겁박하고 죽이기 위해? 아니면 둘 다?'

검은 복면을 쓴 사내가 다가올 때마다 자신이 죽을지도 모른다는 생각에 에레나는 뒷걸음질 쳤다. 사내는 다가와 그녀의 상태를 보더니 만족스럽다는 듯이 고개를 끄덕였다.

"의뢰인이 거금을 주고 의뢰할 만해. 내가 봐도 흥분될 정도니."

'의뢰인이 누구지? 과연 어떤 자가 나를 납치하라고 사주 했을까?'

일단 에레나는 앞의 사내를 설득하기로 마음먹었다. 그

러기 위해서는 차분하게 이야기하는 것이 중요했다.

"저를 알고도 납치하셨다면 제 가문에 대해서 잘 아시겠네요. 후환이 두렵지 않으신가요?"

"내가 왜 두려워해야 하지? 너와 우리에게 둘 다 만족할 만한 일이 될 텐데?"

"왜 제가 납치된 것에 만족할 것이라고 생각하시나요?"

"의뢰인 정도의 신분이면 공작가와 충분히 비견할 만해. 넌 최고의 남자와 맺어져서 좋고, 나는 많은 돈을 벌어서 좋고. 좋은 게 좋은 것 아니겠어?"

"범죄자랑 맺어진다고요? 도저히 제 상식으로는 이해가 되지 않는데요?"

"내가 너무 많은 이야기를 한 것 같군. 이만 주무시게."

복면의 사내가 에레나에게 다가갔다. 사내는 수면 가루가 뿌려진 손수건으로 반항하는 그녀의 입을 막아버렸다.

에레나의 눈동자가 천천히 감긴다. 복면 사내에게서 멀어지기 위해 몸부림 쳐보지만 발끝부터 모든 근육이 풀려간다.

'나 여기 있어요. 빨리 와줘요.'

에레나는 누군가를 떠올리며 마음속으로 간절히 외쳤다. 시간이 지날수록 간절히 외쳤던 대상이 희미해지면서 에레나의 눈동자가 완전히 감겼다.

＊　　＊　　＊

연수원 꼭대기 층 귀빈실.

학생회장 루빈은 한 학생의 보고를 받고 있었다.

"주방장님이 '루비를 손에 넣었다'라고 전하시랍니다."

학생회장 루빈은 말없이 고개를 끄덕였다. 그는 창문을
바라보며 비릿하게 웃었다.

'변수는 없다. 이제 그녀는 내 것이 될 것이다.'

계획은 완벽하다. 에레나를 완벽하게 납치하기 위해 아
버지 조직의 흑마법사까지 초빙했다. 이 새벽이 지나고 해
가 뜨면 에레나가 자신의 아내가 될 것이라는 사실에 루빈
의 입꼬리가 올라간다.

"아카드는 찾았나?"

"죄송합니다. 아무리 찾아도 보이질 않습니다."

"그렇군. 그를 찾는 일은 그만두게."

"괜찮겠습니까? 반드시 잡아서 치안대에 넘겨버려야 하
는데."

"나타날 때가 되면 나타나겠지. 그런 쓰레기 녀석은 그
만 찾고, 학생들의 반응은 어떤가?"

어차피 고용한 암살자가 아카드를 죽일 것이다.

이 이상으로 그런 녀석을 신경 쓰는 것은 오히려 학생들의 의심을 살 수도 있었다.

"모두 회장님의 공정한 처분을 환영하는 분위기입니다. 노블레스 클럽까지 만족하는 눈칩니다."

루빈은 턱을 만지며 만족하는 표정이다.

'건방진 놈! 감히 내 제안을 거부하는 것으로도 부족해서 날 조롱해! 네놈을 죽이고 네놈이 가지고 있는 모든 것을 산산조각 내주마.'

원래 계획은 아카드를 납치범으로 감옥에 보내고 재산만 몰수할 생각이었다.

그러나 아카드를 만나 본 루빈의 생각은 바뀌었다. 그냥 감옥에 보내서는 분이 풀릴 것 같지 않았다. 죽여버려야 속이 시원할 것 같았다.

'상재(商材)가 아까워서 받아주려고 했더니…… 건방진 놈! 네놈은 오늘 죽는다. 그리고 네놈 가문도 제국에서 먼지처럼 사라질 것이다.'

감히 제국의 총리대신이자 중앙 귀족의 우두머리인 원로원장 클라우스 공작가 영애를 납치했다. 그 누구도 아카드의 죽음을 안타까워하지 않을 것이고, 그의 가문인 메디아 백작가도 공작 영애 납치범을 배출한 죄로 제국에서 영원히 사라질 것이다.

학생회장 루빈은 아카드 옆에서 자신에게 말대답한 또한 명의 신입생을 떠올렸다.

"신문 동아리 회장에게 내 이야기를 전했나?"

"넵. 워낙 돈에 쪼들리는 동아리다 보니 매년 1,000골드씩 후원하겠다는 제안을 받아들였습니다. MT 끝나자마자 신입생 폴을 제명하겠답니다."

신문 동아리는 시민 출신 아카데미 학생들이 모여 있는 대표적인 동아리다. 주로 학교 소식이나 사회 이슈 등을 학생들에게 알리기 위해 만들어졌다.

그러나 대륙전쟁이 일어난 이후, 종이값은 폭등하는 반면 후원금이 줄기 시작하면서 신문 동아리의 규모는 점점 축소되고 있었다. 동아리 구성원이 시민이다 보니 발생한 당연한 결과였다.

최근에는 아카데미 광고란에 대자보를 붙이거나 종이 하나에 아카데미 소식만 간간히 적는 처지였다.

"좋아. 가장무도회 행사로 바쁠 테니 이만 나가봐. 급한 일 생기면 바로 연락하고."

"네. 알겠습니다."

남학생이 귀빈실을 나가자마자 학생회장 루빈은 창문에 걸터앉았다. 그는 창문을 통해 나무숲을 바라보며 중얼거렸다.

"이제 그녀의 실종 신고만 기다리면 되는 건가? 그녀의 친구들이 빨리 알아챘으면 좋겠군."

*   *   *

"만나기로 한 장소가 이곳이 확실해?"

"확실해! 테디랑 이곳에서 만나기로 했어!"

"식당에는 들어가 봤고?"

"아니. 들어갈 수가 없었어. 학생회에서 못 들어가게 막았어. 이것 때문에."

식당 문 앞에 '내부 수리 중'이라는 팻말이 걸려 있었다. 그 아래에는 '무단으로 출입시에는 제국은행에서 배상 책임을 묻겠음!'이라는 경고 문구가 적혀 있었다.

아카드는 수상하다는 표정을 지으며 폴을 바라보았다.

"폴, 혹시 저녁을 먹었을 때 식당에 이상한 점이라도 있었나?"

"아니. 흠잡을 곳이 없을 정도로 깨끗했어."

"음식도 나무랄 데 없이 좋았고."

안나는 폴의 대답에 한마디를 덧붙였다. 안나의 표정이 살짝 밝다. 어지간히 연수원에서 대접한 저녁 식사가 마음에 들었나 보다.

"일단 들어가지."

아카드는 식당 문을 열고 들어갔다.

"선배님, 이거 곤란하게 되었네요. 제국은행의 경고를 무시하고 들어가실 겁니까?"

"어쩌긴? 그냥 들어가는 거지. 별일 있겠어?"

그녀가 이런 자세를 보일 수 있는 것은 아카드의 정체를 알고 있기 때문이다. 에레나는 아카드가 아주 부자고 상단주라고 했다.

"이거 엄청 귀찮은 일에 얽힐 것 같은데……."

안나까지 식당으로 들어가자 폴은 한숨을 쉬며 중얼거렸다.

*   *   *

식당 안은 더할 나위 없이 깨끗했다. 티끌 하나 보이지 않을 정도로 청결한 식당에서 수리할 곳은 하나도 보이지 않았다.

"후배. 수상한 거라도 있어?"

"어. 너무 깨끗해서 수상해."

"그런 말이 어디 있어? 깨끗해서 수상하다니."

안나의 농담 섞인 말에도 바닥에 쪼그려 앉은 아카드의

표정은 심각하다.

"학생들이 저녁 식사를 마친 게 언제지?"

"7시가 넘기 전에 모두 식사를 끝낸 것 같던데."

안나와 폴은 서로를 마주 보며 고개를 끄덕였다.

"이상하지 않아? 밤 12시가 지난 지금까지 바닥에 물기가 마르지 않았다는 것이? 그리고 이 주변만 걸레로 닦은 것 같네."

"정말 그러네?"

"친구의 말을 들어 보니 확실히 이상합니다."

아카드가 천천히 일어나더니 바닥을 보면서 걷기 시작한다.

"바닥의 물 자국이 여기를 가리키네?"

안나와 폴의 발이 동시에 멈췄다. 그들의 눈에 보이는 것은 주방의 문. 아카드는 거칠게 문고리를 열었다.

"세상에!"

"여기서 납치된 것 같군요."

아카드를 뒤따라온 안나와 폴은 주방을 보자마자 놀란 표정이 되었다. 먼지 하나 없는 식당과는 대조적으로 음식 재료들과 식기들이 어지럽게 흐트러져 있었다.

"이, 거 설……마 에레나의 피?"

"도대체 무슨 소리를 하는지 알 수가 없네. 안나 선배,

정신 차려. 이거 돼지 피야."

"응? 정말이야?"

"조리대를 봐. 돼지고기 안 보여?"

아카드의 말대로 바닥의 피는 조리대 위에 놓여 있는 돼지고기에서 흘러내리고 있었다.

"그건 그렇고 에레나 선배가 테디와 같이 있는 거야?"

"그……게 말이지."

안나가 우물쭈물하고 있을 때 가만히 있던 폴이 나섰다.

"아마 테디라는 선배를 에레나 선배님이 찾으러 갔으니 같이 있지 않을까?"

"맞아, 맞아. 에레나가 테디를 데리러 갔거든."

안나가 폴의 말에 맞장구를 쳤다.

아카드는 안나의 과장스러운 몸짓이 수상했지만 대수롭지 않게 넘어갔다. 무엇보다도 테디를 구하는 일이 최우선이었기 때문이다.

"친구, 뭔가 이상하지 않아? 식당은 깨끗이 청소했는데 이곳은 왜 이렇게 놔뒀을까?"

"저녁에 가장무도회 복장 나눠준 곳이 로비라며? 가뜩이나 사람 붐비는 곳에서 피가 뚝뚝 떨어지는 걸레를 가지고 다녀봐. 금방 눈에 띄지."

"그럼 납치의 가능성이 높아지는데. 점점 귀찮은 일이

되어 가고 있군."

아카드는 폴을 쳐다보며 물었다.

"네 생각은 어때?"

아카드의 질문에 폴은 잠시 생각하더니 입을 열었다.

"범인이든 공범이든 학생회가 관여된 이상 우리가 해결하는 것은 불가능해. 정 해결하고 싶으면 외부의 도움을 빌리든가. 그런데 과연 사람들이 우리의 말을 믿어 줄지가 문제겠지?"

폴의 대답이 흡족한지 아카드는 미소를 지었다. 그러고는 곧바로 탁자를 치며 폴과 안나의 시선을 끌었다.

"많은 사람들이 믿어줄 필요는 없고, 단 세 사람만 믿어주면 테디와 에레나도 찾고, 학생회에 멋지게 한 방 먹일 수 있을 것 같은데? 어때, 두 사람은 내 계획에 동참할 생각 있어?"

"세 사람? 일을 너무 쉽게 생각하는 거 아냐? 허황된 계획이라면 나는 빠지고 싶은데."

폴은 부정적인 태도를 보였다. 학생회에게 한 방 먹이는 계획은 찬성이지만 아카드의 계획이 허술하게 보였기 때문이다.

"난 찬성! 폴, 복잡하게 생각하지 마! 아카드 후배님이 다 생각이 있겠지. 그냥 믿어주자고. 함께할 거지?"

폴은 일단 아무 소리 하지 않았다. 안나가 폴의 어깨에 걸친 손에 힘을 가득 주었기 때문이다. 마치 협박처럼 '거부하기만 해봐! 두들겨 패서라도 강제로 동참시킬 테니까.' 라는 눈빛을 폴에게 계속 보내왔다.

"자, 그럼 두 사람은 행사가 열리는 곳으로 출발해. 그리고 말이지……."

안나와 폴은 아카드와 고개를 맞대며 계획을 짜기 시작했다. 다행스러운 점은 이야기가 진행될수록 폴의 표정이 밝아지고 있다는 것이다.

잠시 후, 두 사람은 식당의 등을 끄고는 행사가 열리는 가장무도회장으로 빠져나갔다.

모든 등이 꺼지고 어둠만이 자리 잡은 주방.

아카드가 주방 구석 오븐과 마법 냉장고 사이의 틈에 자리 잡았다. 그는 주방에 있던 사과 하나를 입에 물며 기대에 찬 눈빛으로 중얼거렸다.

"범인은 다시 현장을 찾기 마련이지. 이제 조용히 범인을 기다려볼까?"

어둠 속에 동화된 아카드의 눈빛은 마치 맹수가 먹잇감을 기다리는 것 같았다.

*　　　*　　　*

아스테리아 대륙의 사람들이 죽기 전 꼭 봐야 할 건축물 중 하나로 꼽히는 요정의 정원. 제국은행 연수원 안에 꽁꽁 숨겨진 희대의 장소가 아카데미 학생들에게 개방되었다.

악사들이 연주하는 아름다운 선율이 새벽의 바람을 타고 정원 곳곳을 누비며 학생들의 마음을 흔들고 있었다.

아카데미 학생들은 이성에게 관심을 끌기 위해 개성 넘치는 옷을 입고 얼굴을 가리고 있었다. 그들은 아카데미에서 제공한 와인을 한 손에 들고 이성을 찾아 돌아다니고 있었다.

학생회에 소속되어 있는 학생들은 행사에 만전을 기하기 위해 가장무도회장 곳곳에 자리 잡고 있었다. 혹시나 술기운에 일어날 수 있는 사고에 대비해 보안에 심혈을 기울인 모양이다.

"아직 아무런 소식이 없나?"

"네. 요리 동아리나 다른 학생들 입에서 에레나 양이 실종되었다는 소식은 들리지 않고 있습니다."

"흠. 너무 늦는데."

동화 속에 나오는 괴도 아르센의 복장을 그대로 재현한 학생회장은 뭔가 마음에 들지 않는 표정이다.

검은색 모자와 검은색 정장, 망토를 입고 은색 가면을 쓴 루빈은 주변을 두리번거리며 뭔가를 기다리고 있는 눈치다.

"왔습니다! 안나와 1학년 폴이라는 학생이 무도회장으로 들어왔습니다."

"그래? 그들은 어디로 갔나?"

"안나 선배는 곧장 요리 동아리 친구들과 잠시 이야기를 나누더니 교육부 대신의 딸 마로니에와 만나고 있습니다. 그리고 폴이라는 신입생은 곧장 신문 동아리 회장이 있는 곳으로 달려갔습니다."

루빈은 살짝 고개를 갸우뚱했다.

다른 것은 다 이해가 되는데 안나가 마로니에를 만나고 있다는 것이 의외였다.

"교육부 마카디아 가문의 여식?"

"네. 이번에 입학한 신입생으로 교육부 대신이 애지중지한다는 막내딸입니다."

"에레나 양 실종 때문에 노블레스 클럽에게 알리려는 모양이군. 충분히 통제할 수 있는 변수지."

학생회장 루빈은 자신의 생각대로 흘러간다는 생각에 흐뭇한 웃음을 지었다.

"모두들 에레나 양의 실종 접수를 받자마자 곧바로 나에게 알려주도록. 알겠나?"

"네, 알겠습니다."

어깨에 초록색 완장을 찬 선도부 학생들이 고개를 숙이고 흩어졌다. 선도부 학생들이 루빈의 곁에서 완전히 사라졌을 때 붉은 완장을 찬 학생이 다가왔다.

집행위원회, 운영위원회, 여학생회, 선도위원회, 동아리 연합회 중 학생회장 직속기관인 집행위원회 소속 학생이 걱정스러운 표정으로 물었다.

"정말 뒤탈이 없을까요? 일이 잘못되기라도 하면 저희 기반이 완전히 사라질 수도 있습니다."

"내가 노린 것을 놓친 적이 있었나? 에레나는 내 것이 될 것이고 납치범은 아카드라는 건방진 애송이 놈이 될 테니 걱정하지 말라고."

"아카드라는 놈이 아니라고 우길 수도 있지 않습니까? 귀족들이라는 족속 자체가 눈앞의 사실도 아니라고 우기는 것이 익숙하다 보니."

"돌아올 수 있다면 말이지."

"네? 다른 계획이시라도?"

"아니야. 그냥 이 넓은 곳에서 사라졌다면 길을 잃고 헤매다가 돌아오지 못할 수도 있지 않을까라는 생각이 잠시 들어서."

루빈은 앞에 있는 학생의 물음에 대충 둘러댔다. 아카드 암살 계획은 누구도 알아서는 안 된다. 자신의 족쇄로 돌아올 수 있기 때문이다.

'어차피 네놈은 내 제안을 거절했을 때 죽은 목숨이었어. 하하하.'

루빈은 자기 자신만 들을 수 있도록 속으로 대답했다.

루빈의 명령만 듣는 집행위원회 학생은 루빈이 뭔가 다른 계획을 세워놨다는 것을 알 수 있었다.

'설마 신입생을 죽일 생각인가?'

자신에게까지 숨긴다는 것은 뭔가 위험하면서 켕기는 것이 있다는 것이다. 어렸을 때부터 학생회장 루빈의 수발을 들어왔던 집행위원회 학생은 더 이상의 호기심은 위험하다는 생각에 다른 질문을 던졌다.

"에레나 양을 납치한 암살자는 어떻게 하실 생각입니까? 그냥 두면 위험하지 않겠습니까?"

"암살자를 처리할 사람은 연수원 밖에서 기다리고 있으니 걱정 마. 쥐도 새도 모르게 없애버릴 거니까."

집행위원회 학생은 남몰래 몸을 부르르 떨었다. 저렇게 사람 죽이는 것을 쉽게 대답하는 학생회장이 오늘따라 더욱 무섭다고 느껴진다.

그리고 확신했다. 아카드라는 신입생도 죽일 거라는 것을.

"그렇다면 다행이군요. 혹시나 해서 드리는 말씀입니다만, 아카드라는 신입생의 집안이 중앙 귀족이라고 들었는데 무슨 일이 벌어지면 원로원에서 조사 나오지 않을까요?"

"그 일은 원로원장이 직접 나서서 처리할 일이지, 우리가 신경 쓸 일이 아니야."

"설마 모든 것이 합의된 사항입니까? 철저한 계획을 세우셨군요!"

루빈 맞은편에 서 있는 학생의 얼굴이 환해졌다.

"현장은 깨끗이 치웠나? 누가 봐도 식당에서 에레나 양이 납치당했다는 의심을 하지 않도록 흔적을 지우라고 했을 텐데."

"안나와 폴이 들이닥치는 바람에 주방으로 통하는 식당 바닥만 물청소로 핏자국을 지운 상태입니다."

"누가 들어가서 흔적이라도 발견하면 어떻게 하려고 일을 그렇게 허술하게 처리하나!"

"걱정하지 마십시오. 공사 팻말에 경고 문구까지 붙여놨으니 아무도 들어가지 못할 겁니다."

"그렇다면 다행이고. 그녀는 잘 있나?"

"암살자와 몇 마디 나눈 후, 자신이 죽지 않는다는 사실에 안심한 표정이었습니다."

"오! 대담하군. 보통 납치당했다는 사실을 알면 두려움에 떨기 마련인데. 과연 내 여자가 될 자격이 있어."

"전 이만 식당 주방의 흔적을 지우러 가겠습니다. 임시 거처에서 뵙겠습니다."

"이번 일만 잘되면 선도부 위원장 자리 약속하지."

"하지만 그 자리는 위글 님이……."

"내 여자를 건드린 자식을 내가 용서할 것 같나?"

"감사합니다! 정말 감사합니다!"

학생회장 루빈의 최측근 학생이 정중하게 허리를 숙이고는 연수원으로 뛰어갔다. 그 모습을 바라보던 루빈은 천천히 자리에 일어나 테이블에 놓여 있는 와인 잔을 들어 올렸다.

'내일이면 내 것이 될 여신과 싹도 피워 보지 못한 인간을 위하여!'

하늘에 떠 있는 달을 한 번 쳐다본 루빈은 조용히 학생들이 있는 곳으로 사라졌다.

　　　　*　　　　*　　　　*

연수원 식당의 주방.

어둠이 공기를 완전히 삼켜 빛 하나 보이지 않는 이곳에서 아카드의 모습을 주시하는 눈동자 한 쌍이 있었다.

그의 이름은 제르. 목표물에게 살인 예고장을 보내고 암살하는 것으로 유명한 암살자다.

그는 과거 99번의 살인 의뢰를 완벽하게 처리하고 대륙 2번째 S급에 도전했다.

비록 마지막 100번째 의뢰를 실패하는 바람에 B급으로 강등되었지만 S급에 도전했던 암살자인 만큼 실력은 의심할 여지가 없었다.

제르가 S급 승급에 도전하지 않았더라면 특A급 암살자로서 엄청난 명성과 부를 누리고 있었을 것이다.

"망할 검은 상인! 그놈만 잡았더라면 스승님의 원한을 풀 수 있었는데."

S급 승급전을 실패한 대가는 처절했다. 한 등급 강등은 물론이고 그동안 A급으로 누렸던 모든 혜택이 사라졌다. 의뢰비는 1/10로 줄었고, 목표물도 이름만 들으면 알 만한 거물에서 자잘한 잔챙이로 바뀌었다.

'어쩌다가 내가 귀족 애새끼들 암살에 납치까지 하는 신세가 돼버렸나. 이게 모두 검은 상인 때문이야.'

1년 전, 거대 상인들이 암살 의뢰를 해 왔다. 목표물은 연합군 내에서 물품을 독식하는 것으로도 모자라 중소 상단에게 사채까지 돌리던 검은 상인.

처음에는 거부하려고 했다. 100번째 목표치고는 너무 쉬운 목표물이었기 때문이다. 99번째 목표물이 진 제국의 총사령관인 게일스 공작이라는 것을 감안하면 자존심이 상할 만한 의뢰였다.

공식적으로는 게일스 공작을 죽인 사람이 노틸러스 황실 기사단장이자 연합군 총사령관인 페드릭 장군으로 알려져 있다. 그러나 사실 그것은 전쟁을 끝내고 싶어 했던 황실과 귀족들의 의뢰를 받은 제르의 작품이다.

결국 검은 상인의 암살 의뢰를 받은 것은 게일스 공작이 죽은 이후 전쟁이 소강상태에 접어들었기 때문이다. 평화협정이 오고 가면서 제르의 흥미를 자극할 만한 거물 의뢰가 나타나지 않았다.

처음 검은 상인 암살 의뢰를 받아들였을 때는 아주 간단한 의뢰로 생각했다.

계약금만 만 골드에 달하는 목표물이 10대에 변변한 마법이나 검술 실력도 없이 전쟁터에 놀러 온 부잣집 도련님으로 보였기 때문이다.

며칠 동안 검은 상인을 관찰한 제르는 망설이지 않고 살인 예고장을 보냈다.

그런데 변수는 여기서 발생했다.

망할 놈의 부하로 보이는 놈이 예고장을 받자마자 족족

찢어버리는 것이다. 그것으로도 모자라 망할 놈은 정찰부대에게 뇌물까지 먹이면서 검은 상인 주변을 순찰하도록 부탁하는 영악함을 보였다.

그때부터 제르의 기다림은 시작되었다.

목표물이 있는 곳은 연합군에서 험악한 놈들을 죄다 모아 놓은 정찰부대. 특히 정찰부대 부대장인 칼빈이라는 놈은 윌슨 왕국에서 악명 높은 산적이다.

암살자인 자신이 굳이 유리한 점을 놔두고 저런 놈들을 정면으로 뚫고 맞부딪힐 이유는 없었다.

제르는 검은 상인이 정찰부대를 벗어나기만 기다렸다. 어차피 의뢰인은 검은 상인이 전쟁터를 벗어나기 전에만 죽여주면 상관없다고 했기 때문이다.

그리고 때가 왔다.

검은 상인이 정찰부대를 벗어나 연합군 본진으로 향하고 있었기 때문이다.

제르는 목표물을 향해 천천히 다가갔다. 연합군 본진으로 향하는 숲 속 나무 위에서 검은 상인의 정수리를 석궁으로 겨냥하고 있을 때 등 뒤에서 목소리가 들렸다.

"아가야, 위험한 장난을 치고 있구나."

제르는 생애 그 순간만큼 놀란 적이 없었다. 그가 뒤돌아봤을 때 보이는 거라고는 어둠 속에 빛나는 붉은 눈동자뿐.

"당……신은…… 블, 라디……."

"지금은 암살자로 온 것이 아니라 목숨은 살려주겠다. 조용히 잠들어라."

제르의 기억이 틀리지 않았다면 붉은 눈동자의 사내는 한 번도 암살을 실패한 적 없는 암살계의 신 같은 존재다.

"X발. 어쩐지 의뢰가 쉽더니만……."

제르는 말을 끝까지 잇지 못했다. 곧바로 눈이 감겨버렸기 때문이다.

그리고 그가 눈을 뜬 것은 이튿날 아침.

S급까지 1명의 의뢰만 남겨뒀던 암살자 제르는 처음으로 실패를 경험했다.

제르는 지금 쓴웃음을 지으며 자신의 명성에 비하면 형편없는 의뢰에 대해 불평하며 아카드를 노려보고 있었다.

"저 자식은 왜 저기 있는 거지? 빨리 밖으로 나가야 죽일 수 있는데……."

원래 의뢰는 에레나를 납치하는 것뿐이었다.

하지만 의뢰 하나가 늘었다.

처음 납치를 요구한 의뢰인이 거금을 제시하며 추가 주문을 한 것이다.

처음에는 귀족 나부랭이 아들이라는 말에 거부하려고 했지만 조건이 너무 매력적이었다. 특A급 암살자에 준하는 의뢰비와 앞으로 제국은행에서 의뢰하는 모든 암살을 자신에게 맡기겠다는 증서였다.

제르는 곧바로 수락했다.

검은 상인 건으로 포기해야 했던 S급 승급전에 다시 도전할 수 있는 길이 열렸기 때문이다.

단, 살인이 아닌 우발적인 사고로 처리해 달라는 것이 추가 의뢰의 핵심이었다.

제르는 흔쾌히 수락했다. 그깟 조건쯤은 그에게 식은 죽 먹기에 불과한 일이다.

그런데 이번 목표물은 뭔가가 이상하다.

"어라, 저놈 봐라. 지금 상황에 잠이 와?"

아카드라는 귀족 애송이는 과도로 깍은 뽀얀 사과 하나를 베어 물더니 태연하게 눈까지 붙이고 있다.

"이러면 수면 가스를 써서 밖에서 죽여야 하나?"

제르가 고민하고 있을 때 식당의 문이 열렸다. 한 사람이 주방 쪽으로 다가오는 발자국 소리가 들렸다.

감겨 있던 아카드의 눈동자가 올라갔다.

"드디어 이 사건을 풀어줄 열쇠가 등장했군."

끼이익.

주방의 문이 열리고 남자의 손가락이 나타났다. 벽을 더듬던 손가락은 딸각하는 소리가 들리자 움직임을 멈췄다.

지지직 소리가 들리며 천장에 달려 있는 마법 등이 주방을 밝히기 위해 예열을 시작했다.

"아주 엉망이네. 일단 핏자국부터 정리해야겠지?"

주방에 나타난 사람은 붉은 완장을 차고 있는 남학생이었다. 가장무도회에서 루빈과 이야기를 나누던 학생이다.

"학생회장님이 에레나 양과 결혼하면 선물로 뭐가 좋을까? 나도 곧 학생회 임원이 될 몸이니 평범한 것을 드리면 실망하실 텐데."

남학생은 돼지 핏물을 걸레로 닦아내면서도 뭐가 그리 기분 좋은지 싱글벙글이다. 누군가가 자신을 살펴본다고는 상상도 못 하고 있었다.

남학생은 몇 번이나 걸레에 묻은 핏물을 씻어내고 주방 식기들을 제자리에 갖다 놓았다.

"이 정도로 깨끗하게 정리했으니 누구도 이곳이 에레나 님이 납치된 곳이라고 의심하지 못하겠지?"

"아니. 충분히 의심할 만해. 내가 다 봤거든."

"으아아아악!"

남학생이 황급히 뒤를 돌아다보았다.

아무도 없을 줄 알았던 곳에 한 사내가 자신을 노려보고 있었다.

Chapter 8.
밝혀지는 전말

"누구냐? 넌?"

"나? 납치 범행 현장 훼손을 두 눈으로 똑똑히 지켜본 정의의 사도라고나 할까?"

남학생은 아카드를 알아보지 못했다. 입구에 붙여놓은 경고문을 무시하고 숨어든 학생이라고 생각했는지 소리를 버럭 질렀다.

"너 이 자식, 몇 학년 무슨 과 학생이야! 입구에 붙은 경고문을 무시하고 감히 들어와!"

"나한테 성질 낼 때가 아닐 텐데! 방금 전 한 이야기 계속 해봐. 에레나 선배가 이곳에서 납치됐다고?"

아카드는 한 손에 과일 깎는 칼을 들고 천천히 남학생에게 다가갔다.

"너 이 자식, 정체가 뭐야? 그 칼로 어쩔 셈이야!"

"나? 아카드."

"네놈이 그 신입생? 왜 이곳에 있는 거지? 너는 이미…… 헉!"

학생회장과의 대화를 떠올려보면 아카드라는 학생은 벌써 죽었거나 거기에 준하는 상황이어야 한다. 집행부 소속 남학생은 자신의 앞에 아카드가 떡하니 버티고 있는 상황이 이해가 되지 않았다.

"설마 실패한 건가?"

"뭐야, 그 얼굴은? 내가 죽기라도 해야 한다는 거야?"

집행부 남학생은 입을 다물었다.

아카드는 그 정도는 예상했다는 표정으로 남학생 목에 과일 깎는 칼을 가져다 댔다.

"전쟁을 겪어 보니 인간의 신체는 참 오묘한 점이 많아. 몇 군데는 찔려도 사는데 몇 군데는 살짝만 찔러도 죽는 곳이 존재하거든."

"너 설……마 이, 곳에서 살인이라도 저지를 셈이냐? 내 아버지가 누군지 모르나 본데, 제국은행 부행장이 내 아버지야."

"제국은행이 돈이 참 많기는 해. 기사들은 이 미스릴 한 조각을 얻기 위해 몇 년간 돈을 모으는데, 이곳은 음식 만드는 칼들도 미스릴로 되어 있으니. 이 칼로 사람을 찌르면 한 방에 죽으려나?"

"원하는 게 뭐냐? 돈이냐?"

"좋아. 그렇게 나왔어야지. 내 요구 조건은 아주 간단해. 조용히 신사적으로 이야기를 나누는 것."

"정말 그것뿐인가?"

"대신 아주 솔직하게 이야기해줬으면 해."

"여기서?"

"아니. 납치 범행 현장에서 이야기를 나누기에는 내가 좀 찝찝하네. 지금은 연수원에 아무도 없으니까 내 숙소로 가지."

"좋아. 따라가지."

집행부 남학생이 의외로 순순히 대답했다. 아카드는 의외라는 표정이다.

"정말 궁금해서 하는 말인데, 처음에 학생회장과 에레나 선배가 맺어진다고 하지 않았나? 납치범은 누구지? 학생회에서 직접 나선 건가? 그러기에는 무리수가 있는데."

집행부 남학생의 몸이 순간적으로 흔들렸다.

'어차피 오늘 죽을 놈이니 말해도 관계없겠지?'

집행부 남학생은 눈앞에 있는 칼이 무섭기도 하고, 어차피 아카드는 학생회장이 처리할 것이라는 생각에 몇 가지는 대답해도 상관없을 것 같다고 생각했다.

　남학생은 아카드의 질문에 아무렇지도 않은 표정으로 대답했다.

　"외부의 암살자에게 의뢰했다."

　"아하. 그러면 그렇지. 학생회에서 직접 손을 더럽히지는 않겠지. 그럼 암살자는 어떻게 할 생각이지? 감히 제국은행 며느리 될 사람을 납치했으니 순순히 놔줄 것 같지 않아서 말이지."

　"제국은행에서 암살자를 처리하기 위해 연수원 밖에 대기 중이다."

　집행부 남학생은 루빈에게 들은 말을 순순히 털어 놓았다. 이 자리에는 당연히 암살자가 없을 거라고 확신했기 때문이다.

　'돈 받았으면 일을 똑바로 해야 할 거 아냐. 쓸모없는 놈 같으니라고!'

　도리어 이 상황까지 몰린 것을 그자의 탓으로 돌렸다.

　"너무 솔직히 말해주니 겁나네. 이러다가 나까지 죽는 거 아닌가? 나머지 이야기는 숙소에서 계속하지."

　집행부 학생이 주방 밖으로 나가자 아카드는 주방 천장

의 마법 등을 끄기 위해 스위치로 손을 갖다 댔다.

아카드는 스위치를 내리기 전에 천장을 힐끗 쳐다보며 입꼬리를 살짝 들어 올렸다.

천장의 불이 꺼지고 아카드와 집행부 학생이 빠져나간 주방. 천장에서 그림자 하나가 천천히 아카드가 있던 곳으로 내려왔다.

"뭐 어쩌구 어째? 나를 처리하기 위해 제국은행에서 사람들이 대기 중이라고? 이런 개 같은 놈들이 약속은커녕 일회용으로 나를 이용한 거란 말이야?"

암살자의 눈동자에 분노가 가득하다.

기껏 S급 승급전에 도전할 수 있는 길이 열렸다고 좋아했는데 모든 것이 거짓이라는 사실이 참을 수가 없었다.

"마지막 그 자식의 눈빛은 뭐지? 내 위치를 알고 있는 것 같았단 말이야. 어디서 본 것 같은 느낌인데……."

암살자는 고개를 갸웃거리다가 피식 웃으면서 그 모습을 머릿속에서 지웠다. 지나가다가 마주친 사람쯤으로 여겼다.

"일단 그 음흉한 제국은행 자식들의 음모나 들어볼까?"

암살자는 다시 나타났던 모습 그대로 천장으로 사라졌다.

"그러니까 내가 누명을 쓴 것이 학생회에서 계획을 짠 거란 말이지?"

"학생회가 직접 손쓴 것은 아니야. 연수원장님이 인턴 직원에게 명령을 내려 가방을 바꿔치기한 것이다."

"참 나! 그게 그거잖아. 학생회장 루빈의 지시로 연수원장이 움직였잖아. 지금까지 엉뚱한 사람을 의심한 거네."

아카드는 캐리어가 바뀐 사건이 자신을 골탕 먹이기 위한 테디의 계획이라고 생각했다. 에레나 선배 또한 테디의 계획에 합심하여 자신을 음모의 구렁텅이로 집어넣었다고 원망했다.

그런데 이 모든 일이 학생회와 연수원장이 꾸민 계획이란다. 아카드는 자신의 숙소 거실에 있던 소파 손잡이를 꽝 하고 내려쳤다.

"오해하지 말라고! 그건 학생회가 한 일이 아니야."

집행부 학생은 아카드가 흥분해 들고 있는 과도를 휘두를까 봐 뒷걸음질 친다.

"왜 나를 목표로 삼았지? 학생회의 라이벌은 노블레스 클럽이라고 들었는데. 설마 아카데미 경매에서 입찰된 맥주 납품권을 뺏기 위해서인가?"

"그렇다. 네가 4대 상가의 자존심을 건드렸기 때문이다. 학생회에서 너를 이번 목표물로 잡아 4대 상가의 자존심을 다시 세울 계획이다."

몇 가지 보충해야 할 것들이 있지만 집행부 학생 입장에서는 밝힐 이유가 없다. 적당히 사실과 거짓을 섞고 이 자리를 모면할 계획이었다.

"그래서?"

"그래서라니?"

"그 정도로는 에레나 선배 납치가 이해가 안 되잖아. 나를 변태로 만들어 입찰권을 빼앗고 망신을 준 것과 에레나 선배의 납치 사이에 뭔가 연결고리가 부족하잖아. 학생회장 루빈과 에레나 선배가 결혼하는 시나리오도 말이 안 되고 말이지. 이왕 말하기로 했으니 사나이답게 다 말하는 게 어때? 학생부의 명예는 지켜야지."

집행부 남학생이 한숨을 푹 쉰다. 이 정도 말했으면 보내 줄 줄 알았는데 끝이 없다.

'학생회장님이 이놈을 처리하려는 이유가 있군. 머리가 제법 똑똑해. 그래, 지금 실컷 웃어라. 살아생전 마지막 웃음일 것이다.'

수상한 눈빛으로 주시하는 아카드를 보며 집행부 학생은 모든 것을 털어놓기로 작정했다. 어차피 죽을 놈인데 흥분해서 자신에게 해코지하는 것이 더 두려웠기 때문이다.

"좋아, 다 말해주지. 네놈을 변태로 만들고 에레나 양의 납치범으로 만드는 것이 우리의 계획이다. 그 후에 학생회장님이 에레나 양을 구하면서 맺어지는 것이 최종 목표다."

"두 사람의 신분이 다른데 맺어질 수 있을까? 너무 극단적인 커플이잖아."

"그건 우리들이 할 일이 아니지. 거기까지는 모른다. 단지……."

"단지?"

"윗선에서 손을 다 쓰시지 않았을까 하는 게 나의 추측이다. 우리 아버지가 살짝 언질을 주셨거든."

"네 아버지가 제국은행 부행장이라고 했나?"

"주방에서 한 말을 벌써 잊어버렸나? 우리 아버지가 부행장인 것은 학생회 누구에게 물어봐도 증명해줄 거야. 이제 날 풀어줘."

"마지막 질문에 답을 해주면 풀어주지. 에레나 선배는 지금 어디에 있나?"

"가장무도회가 열리는 곳에서 1km 떨어진 곳에 임시 거처가 있다. 워낙 나무숲이 거대해서 말로는 설명해줄 수 없다."

"토마스가 준 지도가 어디에 있더라……. 여기에 있군. 지도에 임시 거처 위치를 체크해봐."

아카드는 토마스가 준비한 지도를 꺼내 집행부 남학생에게 내밀었다.

"이……걸 어디서?"

"그건 알 것 없고 에레나 선배가 있는 곳이 어디지?"

"……."

막상 지도까지 내밀자 집행부 남학생이 고민에 빠진다. 그러다가 갑자기 인상이 밝아진다.

'멍청한 암살자 녀석이 아직 이 녀석을 죽이지 못한 것을 보면 위치 파악도 못 했나 보군. 만약 이놈에게 위치를 가르쳐주고 그곳으로 유인할 수 있다면 일이 한결 수월해지겠지?'

남학생은 포켓에서 펜을 꺼내 한 곳을 둥글게 표시했다.

"여기다. 여기에 통나무로 만든 임시 거처가 있고 그 안에 에레나 양이 있을 것이다. 이제 모든 대답을 했으니 나를 풀어줘."

"좋아. 나는 풀어주지. 다른 사람은 모르겠지만."

갑자기 거실 한쪽의 문이 쾅 열렸다. 방 안에서는 집행부 남학생도 익히 알고 있는 인물들이 튀어나왔다.

"이 망할 자식! 감히 우리 에레나를 납치해!"

"어……떻……게? 이게…… 다…… 함정인가?"

방 안에서 나오는 인물들을 바라보는 집행부 남학생의
얼굴이 새파래졌다.

*　　*　　*

연수원 식당에서 폴과 안나가 주방을 떠나기 2시간 전.

아카드는 그 두 사람에게 계획을 설명했다.

"분명히 범인은 다시 올 거야. 왜냐? 바닥까지 청소한
놈이 주방을 가만히 놔둘 리가 없거든."

"그렇다면 내가 지키고 있어야지. 위험한 일이 생기면
어떻게 하려고?"

안나가 걱정스러운 표정으로 말했지만 아카드는 고개를
흔들었다.

"두 사람이 있어봤자 방해만 돼. 범인이 절대 털어놓을
리가 없거든."

"우리에게 털어놓지 않을 것을 너에게는 털어놓을까? 차
라리 함께 협박을 하는 것이 도움이 될 것 같은데."

폴도 아카드가 걱정스럽기는 마찬가지다.

"아니, 반드시 나 혼자 있어야 털어놓을 거야. 그 녀석이
학생회라면 내가 처한 상황을 그 누구보다 잘 알 테니까.

그러니 혼자 덫을 놓는 것이 편해."

"그럼 우리가 할 일은 뭐야?"

"폴, 너는 최대한 빨리 신문 동아리 회장을 내 방으로 데려와줘. 대신 학생회에서 절대 눈치채면 안 돼! 알겠나?"

"좋아. 별로 어렵지 않은 일이군. 네 숙소로 데려가면 되는 건가?"

"다음으로 안나 선배는 동아리 선배들을 만나서 이야기를 전해. 그리고 노블레스 클럽에 아는 사람 없어? 케리 선배 집안이 귀족으로 알고 있는데?"

"케리는 힘들 거야. 걔네 집안은 귀족이긴 해도 왕실파라 원로원 소속이 아니거든. 에레나가 있으면 몰라도 나와 내 친구들은 노블레스 클럽과 별로 안 친해."

"흠. 큰일이네. 반드시 노블레스 클럽 간부가 참석해야 하는데. 잠깐?"

"누구 아는 사람이라도 있어?"

폴과 안나가 아카드를 보며 물었다.

"교육부 대신은 원로원 소속인가?"

"마카디아 집안? 당연히 원로원 소속이지."

폴이 아카드의 질문에 재빨리 대답했다.

"그럼 우리 동급생 중에 마로니에라고 알지?"

"설마 나한테 부탁하려는 것은 아니겠지? 내가 다가가기만 해도 냄새난다고 쫓아낼걸? 그 계획은 거부하는 것으로 하지."

"그래. 후배긴 하지만 말 걸기도 힘들어. 벌써 노블레스 클럽 선배들도 두 손 두 발 다 들었다고 소문 난 애야. 그런 아이가 순순히 우리 부탁을 들어줄까?"

폴과 안나가 양손을 흔들며 부정적인 태도를 보였다.

두 사람의 모습에 아카드는 종이에 뭔가를 적었다. 그러고는 안나에게 쪽지를 전해주며 말했다.

"이 쪽지를 내가 전했다고 하면 들어줄 거야. 아무래도 폴보다는 안나 선배가 전해주는 게 더 효과가 있을 것 같네."

잠시 후, 두 사람은 조용히 식당을 빠져나갔다.

폴과 안나는 무도회장이 열리는 왕비의 정원에 도착했다. 그리고 식당을 빠져나간 지 한 시간도 되지 않아 아카드가 내린 임무를 완벽하게 수행했다.

*   *   *

집행부 남학생은 방문을 열고 걸어 나오는 인물들을 살펴보며 정신이 산산조각 나는 기분이 들었다. 이름만 대면 알 만한 인물들이 자신의 대화를 들었다고 생각하자 말도 제대로 나오지 않았다.

폴과 안나를 비롯해 케리와 피오라, 제이나가 등장했다.

또한 노블레스 클럽 측에서는 간부이자 3학년 행정학부 대표인 케네스와 2학년 대표인 베로스, 그리고 1학년 간부 후보인 마로니에가 참석했다.

바로 뒤를 이어서는 신문 동아리 회장인 머독이 미묘한 표정으로 서 있었다.

'신문 동아리를 떠나기 전 마지막 부탁이라고 사정해서 참석했는데 이게 무슨 개 같은 경우야?'

머독은 학생회로부터 매년 1,000골드라는 거금을 투자받기로 한 상태여서 지금 이 상황이 몹시 당황스러웠다.

"이 망할 자식! 너 오늘 한번 죽어봐라."

안나는 씩씩거리며 집행부 학생을 방구석으로 던져버렸다.

"뭐 하는 거야! 빨리 학생회장 루빈을 잡아들이고 에레나를 구출하자고."

안나의 말에도 방 안의 사람들은 움직일 생각도 하지 않았다.

"안나 선배, 그렇게 간단한 문제가 아니라고 말해주고 싶군. 확실한 증거도 없이 움직이는 것은 무모한 짓이야."

"모두 저 자식 말 못 들었어? 이보다 더 확실한 증거가 어디 있어?"

흥분한 안나가 소리쳤다.

증거가 뚜렷한데도 침묵하고 있는 학생들의 모습에 화가
나서다.

"에레나를 구하고 저 망할 자식을 증인으로 내세우면 다
해결되는 문제잖아."

"만약 학생회장 루빈이 범행을 부인하면 어떻게 할래?
단순히 저 자식 혼자 벌인 일이라고 하면 뭐라고 할 거야?"

아카드가 흥분한 안나를 앉히며 냉정하게 물었다.

"집행부라는 최측근이 고백하는데 제깟 놈이 부인을 어
떻게 할 건데?"

"만약 저 자식이 말을 바꾸면? 아버지가 제국은행 부행
장이라는 말을 잊었어? 학생회장의 눈빛 한 번에 말을 바
꿀 수 있다는 것을 왜 몰라?"

학생들이 침묵하고 있었던 이유가 바로 이것이다.

제국은행장의 아들이라는 무게.

정황으로 보면 소로스의 짓이 확실하다.

문제는 증인이 부행장의 아들이라는 점이다.

루빈의 눈빛 한 번이면 말을 뒤집을 여지가 농후하다.

"그럼 어떻게 할 건데? 아카드 넌 똑똑하잖아. 빨리 이
상황을 해결해봐."

안나가 아카드를 바라보며 생떼를 썼다.

그러자 아카드는 한숨을 쉬더니 다른 사람을 바라보며 천천히 입을 열었다.

"우선 노블레스 클럽에 제안할 것이 있는데 들어보시겠습니까? 꽤 구미가 당길 만한 제안인데."

노블레스 클럽 간부인 케네스가 앞으로 나오려고 할 때, 마로니에가 불쑥 끼어들었다. 그녀는 흰 쪽지를 아카드에게 내밀며 물었다.

"우선 제가 아카드 님께 다짐받아야 할 일이 있어요. 노블레스 선배님들을 이곳에 데려왔으니 약속대로 데이트해 주시는 거죠?"

"아이구, 저 화상."

노블레스 클럽 간부인 케니스가 마로니에를 보며 못 말리겠다는 표정을 지었다.

"난 약속은 지켜. 그러니 노블레스 선배님과 이야기 좀 나눴으면 하는데."

"모두 들었죠? 여기 증인들이 많으니 딴소리하기 없기예요!"

마로니에는 아카드의 확답을 들은 후에야 케네스에게 자리를 넘겨주었다.

"이해하게. 우리로도 어쩔 수 없는 말썽쟁이라."

"괜찮습니다."

"그래. 후배니까 말 놔도 되겠지? 약간의 오해가 있긴 했지만 어차피 같은 원로원 식구들 아닌가? 하하하."

"그러십시오."

"그래, 우리 클럽에 제안할 것이 있다고?"

"제가 학생회장이라는 거물 하나를 잡아야겠는데 도움을 주셔야겠습니다."

"확실한 계획이 아니면 참여할 수 없네. 잘못하면 엄청난 역풍을 두들겨 맞을 수 있거든."

"선배님이 도움을 주시면 완벽하게 학생회장을 잡을 계획이 있습니다. 도와주십시오."

노블레스 클럽 3학년 간부인 케네스는 아카드가 고개를 숙이자 우쭐한 표정을 지었다.

백작 집안에다가 아카데미 수석으로 들어온 신입생이 자작 집안의 자신에게 고개를 숙인 것이 만족스러운 것이다.

"흠…… 선배로서 도와줄 부분이 있으면 도와줘야지."

"케네스 선배님, 안 됩니다. 같은 노블레스 클럽 후배면 모를까, 남의 일에 끼어들다가 잘못되기라도 하면 어쩌려고 그러십니까?"

"베로스 선배! 그게 무슨 말이에요? 우리 아카드 님이 고개까지 숙였는데 돕지는 못할망정 모른 척하겠다는 말인가요? 참 실망이네요!"

2학년 대표 베로스의 만류에 마로니에가 발끈했다.

두 사람의 모습을 본 케네스가 난색을 보였다.

의견이 통일되면 상관없겠는데, 클럽 후배 두 명의 의견이 엇갈리다 보니 우유부단한 케네스로서는 쉽게 결정내리기가 힘든 표정이다.

"선배님, 이것 하나만 명심하십시오. 지금 학생회장이 몰락하면 누가 가장 이득을 보겠습니까?"

"그…… 말은?"

"쉽게 생각하십시오. 지금 학생회장이 파렴치한 행위로 아카데미에서 쫓겨난다면 그 자리는 누구 것이 될까요? 훗날 노블레스 클럽이 학생회를 장악하게 된다면 누구의 공이 가장 클까요?"

3학년 대표 케네스의 눈이 왕방울만 하게 커졌다.

그는 무릎을 치며 자리에서 박차고 일어났다.

"노블레스 클럽은 자네 계획에 참여하지. 대신 계획은 확실해야 할 걸세."

상황이 이렇게 되자 2학년 대표 베로스도 딱히 반대할 명분이 없어진다.

학생회가 몰락하고 노블레스 클럽이 그 자리에 들어간다면 자신 또한 엄청난 공을 세우는 것이 되기 때문이다.

"계획은 잠시 후에 말씀드리지요. 여기 계신 신문 동아리 회장님도 동참해야 완성되는 계획이라서요."

아카드의 시선이 신문 동아리 회장 머독을 향했다.

그러자 그가 쭈뼛쭈뼛한 자세로 다가왔다.

"어떻게 생각하십니까? 계획에 동참해 주시겠습니까?"

"신문은 첫째도 증거요, 둘째도 증거네. 증인이 아닌 확실한 증거가 필요하네."

신문 동아리 머독이 미지근한 태도를 보였다.

그러자 아카드가 뭔가를 눈치챘는지 머독의 눈을 바라본다.

"학생회로부터 뭔가를 제안받았군요. 제 말이 틀렸나요?"

"자네 지금 무슨 소리를 하는 건가. 건방진 후배라고 소문이 자자하더니 과연 소문이 틀리지 않았군. 불쾌하네! 일어나겠네!"

머독이 자리를 박차며 일어났다.

"만 골드! 그 정도면 되겠습니까?"

"뭐! 만 골드?"

머독은 깜짝 놀라며 일어난 속도와 비슷하게 아카드 맞은편에 자리 잡고 앉았다.

만 골드라면 학생회가 제안한 금액의 10배, 시민이 3년 이상 돈을 모아야 가능한 액수이기에 놀라지 않을 수 없었다.

"대신 2년간 신문 하단의 모든 광고는 A&M 상단이 독점하는 것으로 했으면 하는데, 받아들이겠습니까?"

"당연히 받아들이고말고. 당장 계약서 쓸까?"

"여기 증인 분들이 있으니 정식 계약은 나중에 하시고 구두계약으로 마무리하시지요."

"그렇지. 여기 계신 분들이 얼마나 대단하신 분들인데 자네가 약속을 어기겠어. 믿겠네."

머독은 영악하게 방 안에 있는 사람들을 언급하며 확실하게 엮었다. 그러고는 폴을 바라보며 미안한 표정을 지었다.

"여기 폴이 아카드와 친구라고 했지? 역시 대단한 동아리 후배일세. 폴, 가장무도회장에서 했던 이야기는 잊어주게."

폴은 머독의 이야기를 들으며 어이없는 표정을 지었다.

신문 동아리의 품위를 손상시켰다고 당장 나가라고 할 때는 언제고, 자신의 어깨를 두들기며 격려하는 머독을 바라보고 폴은 실망스러운 표정을 지었다.

"그럼 제 계획을 말씀드리겠습니다."

숙소 거실에 있던 사람들이 모두 아카드 곁으로 몰려들

었다. 아카드는 사람들을 모아 놓고 자신의 계획을 설명하기 시작했다.

중간중간 탄성도 흘러나오고 계획을 더욱 완벽하게 실행하기 위해 몇몇 사람들이 의견을 내놓았다.

30분이 지나고 아카드의 숙소에 있던 사람들이 뿔뿔이 흩어지기 시작했다.

방 안의 불이 꺼지고 인기척도 들리지 않는 숙소 천장에서 스믈스믈 그림자 하나가 내려왔다.

암살자 제르다.

"저놈 보통 놈이 아니네."

제르는 천장에서 아카드의 계획에 대해 다 들은 상태다.

"그런데 이상하단 말이야. 아카드라는 이름도 낯설지 않고 목소리도 어디선가 많이 들어본 것 같은데. 어디서 본 놈일까? 저 정도 머리를 가지고 있는 놈이라면 내가 기억하지 못할 리가 없는데."

* * *

가장무도회가 열리는 왕비의 정원.

끈적끈적한 분위기가 삽시간에 얼어붙었다.

누구로부터 시작되었는지 알 수 없지만 학생들 사이에

이상한 소문이 돌기 시작한 것이다.

"뭐라고? 아카드가 이곳 어딘가에 있다고? 그것도 에레나 선배님과 함께?"

"그래! 내가 똑똑히 들었어. 둘이 눈이 맞아서 뭔가 사고 칠 것 같은 분위기라는데?"

소문이 삽시간에 학생들 사이에 섞여 있는 학생회장 루빈의 귀에 들어갔다.

"아카드는 왜 아직까지 살아 있지? 암살이 실패한 건가? 그리고 둘이 뭐 어쩌고 어째? 설마 임시 거처에 둘이 함께 있는 건가?"

학생회장 루빈은 더 이상 참을 수 없었다.

원래라면 자신의 측근인 집행부 남학생을 기다리고 사태를 파악한 후에 움직였을 것이다.

하지만 자신의 신부라고 여겼던 에레나가 아카드와 부정한 일을 벌이고 있다는 소문에 루빈의 이성이 마비되었다.

학생회장 루빈의 발걸음이 바쁘게 움직이기 시작했다.

"회장님 어디 가십니까?"

"따라올 것 없다. 너희들은 이곳을 완벽하게 지켜라. 어떤 학생도 가장무도회장을 벗어나게 놔둬선 안 된다. 알겠나?"

"네!"

학생회장 루빈은 선도부원에게 모든 통제권을 넘기고 임시 거처를 향해 달려갔다.

"만약 두 연놈들이 부정한 짓을 저질렀다면?"

루빈은 품속에 있는 반짝이는 단검을 꺼내며 중얼거렸다.

"에레나 네년 앞에서 건방진 신입생 놈을 갈기갈기 찢어주지. 그리고 평생 내 노예가 되어 살게 해주마!"

임시 거처를 향해 달려가는 루빈의 눈빛에 살기가 가득했다.

Chapter 9.

루빈의 죽음

"읍! 읍! 읍!"

가장무도회가 열리는 곳에서 1Km 떨어진 임시 거처에서 통통통 나무 울리는 소리와 함께 이상한 신음이 들려왔다. 에레나가 자신을 결박하는 밧줄을 풀기 위해 안간힘을 쓰고 있었다.

얼마나 용을 썼는지 묶여 있는 하얀 손목이 붉게 달아오른 상태다.

끼이익.

나무로 만들어진 문이 열리고 노란 빛줄기가 점점 커지며 달의 기운이 어둠을 몰아내기 시작했다.

에레나는 몸을 부르르 떨었다.

'설마 날 죽이기 위해?'

달빛 속에 그림자 하나가 나타났다.

그림자의 손에 금속성 물체가 들려 있는 것을 본 에레나는 격렬하게 몸을 움직였다. 그림자가 다가올수록 그녀의 몸부림도 점점 격해졌다.

쿵!

에레나의 심장이 멈출 만큼 몸이 굳어 버렸다.

날카로운 칼의 느낌이 그녀의 뒷덜미에서 느껴졌기 때문이다.

'이렇게 꽃다운 나이에 죽는구나. 흑흑.'

에레나의 눈에서 고운 물방울들이 통나무 바닥을 적시고 있을 때, 의외의 목소리가 들렸다.

"목에 힘 풀어. 무슨 여자가 이렇게 힘이 세?"

익숙한 목소리에 에레나는 그동안 참았던 서러움이 폭발해버렸다.

"어디에 있다가 이제 오는 건가요. 내가 얼마나 애타게 찾았는지 알아요?"

목소리의 주인공은 아카드.

그는 에레나의 입을 막던 재갈과 손발을 묶고 있던 끈을 연수원 주방에서 가지고 온 과도로 풀었다.

"미스릴이라 그런지 굵은 노끈도 한 번에 풀리네. 기념으로 가져갈까?"

아카드는 자신의 품에 안겨 있는 에레나를 보니 멋쩍은지 이상한 소리만 해댄다.

그것도 정말 얄밉게 말이다.

"눈물도 다 흘린 것 같은데, 이제 좀 놔주지? 다른 사람들이 보면 오해하겠어."

"꿈 깨세요. 절대 당신과 같은 사기꾼과 엮일 마음은 없네요. 그래도 조금만, 이렇게 조금만 더 있을래요. 온몸에 힘이 하나도 없어요."

"내 가슴을 빌리는 대가는 상당한데, 감당할 수 있겠어?"

에레나가 무사하다는 것을 보자 아카드도 마음이 놓였다.

마음이 놓여선지 반가워서인지 정확하게 정의 내릴 수는 없지만 자신도 모르게 느끼한 대사가 나와버렸다.

"정말 이 상황에서 그런 말이 나와요?"

"크흠흠."

아카드 자신도 느끼한 대사가 멋쩍은지 기침만 계속 해댄다.

"그러고 보니 혹시 테디의 행방에 대해서 알고 있어? 안나 선배 말에 따르면 같이 있다가 봉변당한 거라던데."

에레나는 조심스럽게 아카드의 품에서 떨어졌다. 발그레

물든 그녀의 얼굴이 순식간에 긴장 어린 표정으로 바뀐다.

'지금 밝혀야 해. 안나의 말대로 평생 속일 수는 없어.'

그녀는 굳은 결심을 하고 아카드를 향해 조심스럽게 말문을 열었다.

"고백할 게 있어요. 오늘 하루만 제 이야기를 끝까지 들어주세요."

"무슨 이야기인데 선배답지 않게 분위기를 잡는 거야? 테디가 선배에게 무슨 짓이라도 한 거야? 아니면 둘이 사귀는 사이?"

"사실은……."

"감히 내 집 마당에서 추잡한 짓을 해! 그러고도 네년이 원로원장의 딸이라고 할 수 있어!"

에레나의 고백이 시작되기도 전에 임시 거처의 불청객이 등장했다. 불청객은 통나무 문이 부서질 만큼 거칠게 문을 열고 들어왔다.

학생회장 루빈은 다정스러운 아카드와 에레나를 바라보며 고함을 쳤다. 그의 눈에는 질투심이 불타오르고 있었다.

"무슨 말이에요? 추잡한 짓이라니요?"

"닥쳐! 내가 다 알고 왔는데 뻔뻔하게 거짓말을 해! 내가 그렇게 우습게 보여!"

학생회장 루빈의 귀에는 지금 아무것도 들리지 않았다.

두 사람이 다정하게 껴안은 모습을 본 이상 자신의 예상이 틀리지 않았다고 확신하는 모습이다.

"그러니까 아랫사람 관리를 잘했어야지. 학생회장쯤 되면 똑똑한 줄 알았는데. 영 실망이야."

아카드의 비웃음에 학생회장 루빈의 낯빛이 흐려졌다. 아카드의 대답을 듣자마자 자신이 속았다는 느낌이 들었다.

"다 네놈이 꾸민 함정이냐?"

"고마워. 이렇게 쉽게 걸려줘서."

학생회장 루빈은 학생들의 소문에 달려온 것이 아카드의 함정이라는 확신이 들었다. 루빈은 이런 단순한 도발에 속았다는 수치심으로 아카드를 보며 이를 갈았다.

"네놈은 낮에 봤을 때 죽여 버렸어야 했는데. 순리대로 풀려고 했던 것이 내 실수다."

"그러니까 인생은 타이밍이라고 하잖아. 계획을 짜고 기회가 오면 즉시 실행했어야지."

"어디까지 알고 있나?"

아카드의 입에서 계획이라는 단어가 나오자 루빈이 물었다.

"네놈이 나와 에레나 선배의 캐리어를 바꿔치기 해서 나를 변태로 몰았다는 사실? 아니면 에레나 선배 납치를 사주했다는 사실? 이것도 아니면 날 죽이고 납치범으로 몬 뒤에 에레나 선배를 구한 영웅으로 세상에 알려질 계획이었다는 거?"

"제법 많은 걸 알고 있군. 내 측근에게 들었나?"

"집행부 남학생? 제법 많은 걸 알고 있던데? 뭐라더라? 에레나 선배와 결혼하기 위해 제국은행장까지 움직이고 있다……."

"그만!"

더 이상 참을 수 없는지 루빈이 아카드의 말을 자르기 위해 고함을 질렀다.

"아카드 군, 그게 무슨 소린가요? 저를 납치한 인간과 제가 결혼하다니요? 절대 그럴 리가 없어요. 분명히 아카데미 졸업하기 전까지는 저를 자유롭게 놓아준다고 약속했단 말이에요."

"아직 어리군. 그깟 약속이 뭐가 중요하지? 세상의 모든 기준은 한 가지야. 나에게 이익이 있느냐? 없느냐? 그것뿐이야."

학생회장 루빈은 순진하게 원로원장의 약속을 믿고 있는 에레나를 비웃었다.

"동감. 그 생각은 마음에 드네."

"아카드 군. 그 말 진심이에요?"

"사실이지. 역사를 살펴봐. 약속이라는 것이 과연 지켜지는지 말이야. 이쪽이 약한 상태에서 상대가 약속을 지켜 줄 것이라고 믿다가 망한 왕국이 얼마나 많아. 결국 힘이 있어야 상대가 약속을 지키는 거지. 내가 약하면 상대에게 약속이라는 것은 허울 좋은 미풍양속에 불과해."

"그건 궤변이에요. 약속은 인간이라면 지켜야 할 최소한의 도리라고요!"

"알았어. 어차피 선배랑 그런 이야기로 싸워봤자 끝이 안 날 것 같으니 여기서 그만하자고. 지금은 중요한 일을 앞두고 있잖아."

아카드는 학생회장 루빈의 불타오르는 눈빛을 능글스럽게 넘기며 자연스럽게 에레나의 어깨를 잡았다. 에레나는 아카드의 부드러운 손길에 잠시 움찔했지만 피하지는 않았다.

"어린놈이 제법이군. 심리전도 능하고 상대를 도발하는 능력이 발군이야. 그래서 너무 아까워. 내 밑으로 들어왔으면 제국에 이름을 떨치고도 남았을 텐데."

"천성적으로 내 위에 누가 있는 것을 싫어하거든. 우리는 둘 다 그런 족속들 아닌가?"

"그렇지. 그래서 이 자리에서 죽어줘야겠어."

학생회장 루빈은 품속에서 회색 구슬 하나를 꺼냈다. 달빛을 고스란히 담고 있는 구슬은 불길한 기운을 뿜어냈다. 예사롭지 않은 물건이다.

"엄청나게 불길한 물건 같은데? 흑마법사와 관련이 있는 물건인가?"

"오호. 식견 또한 뛰어나군. 단번에 이 상황을 정리해줄 물건이지. 이 물건을 내가 직접 쓸 줄은 몰랐는데. 영광으로 여기라고."

말을 마친 루빈이 회색 구슬을 들고 있는 왼손을 말아 쥐었다. 구슬이 점점 일그러지며 구슬 표면에 액체가 맺히기 시작했다.

— 지하에서 지켜보는 영혼들이여. 나의 몸에 깃들어라.

캬아아아오오오—

기괴한 소리가 울려 퍼지며 루빈의 왼손에서 시커먼 연기가 피어올랐다. 연기는 방 안을 휘젓더니 루빈 부근을 회전하며 명령을 기다리고 있었다.

"와! 정말 흑마법사 물건이었어? 블랙마켓에 급전으로 팔아도 200만 골드는 족히 나가겠네. 역시 제국은행이 돈이 많아."

"네놈의 여유가 언제까지 계속 될지 두고 볼까?"

"잠깐만! 하나만 물어보지."

"뭔가?"

"나는 죽여서 입막음을 한다고 쳐도, 에레나 선배는 어떻게 할 거지? 에레나 선배가 다 알아버렸잖아."

"세상에는 사람의 기억을 바꾸는 마법들이 존재하지. 그리고 우리 아버지 주변에는 그런 마법만 전문으로 다루는 정신계 마법사들이 수두룩하고."

"그래서 에레나 선배의 기억을 조작한다?"

"말귀 한번 빨리 알아듣는군."

루빈은 주머니에서 시계를 보더니 천천히 오른손을 들었다.

그의 손에 암흑의 구슬이 불길한 기운을 발산하며 천천히 떠올랐다.

"시간이 너무 흘렀군. 학생들이 몰려오기 전에 그만 죽어 주셔야겠어. 그동안 즐거웠네, 아카드."

"딱 하나만! 죽이는 김에 인심 좀 쓰라고."

"끝까지 귀찮게 하는군!"

루빈은 큰 인심 쓰는 사람처럼 아카드의 질문을 받아주었다.

루빈의 대답에 아카드는 죽음을 앞둔 사람이라고는 믿어지지 않을 정도로 호기심 어린 표정으로 재빨리 물었다.

"당신 집안이 대단하고 무서운 사람이 많다는 것은 잘 알겠는데, 200명의 기억까지 한꺼번에 조작할 수도 있나?"

"죽을 때가 되니 헛것이 보이나? 200명이라니? 내 눈에는 두 사람밖에 안 보이는데?"

짝! 짝! 짝!

아카드의 박수 소리와 함께 임시 거처 주변의 나무숲에서 수많은 학생들이 나타났다. 그들 대부분이 믿을 수 없다는 표정으로 학생회장 루빈을 바라보았다.

"네, 놈들이 어떻게……."

"학생회장이라는 놈이나 그 밑의 측근이라는 놈이나 반응이 어떻게 그리 똑같을까? 자, 이제 어떻게 할 셈이냐? 수많은 아카데미 학생들까지 기억을 조작할 셈인가?"

아카드는 천천히 앞으로 나오며 주변에 대기하고 있던 학생들을 향해 손짓했다. 그때 몇몇 학생이 앞으로 등장했다.

"정말 믿을 수 없군. 이 모든 것이 학생회장의 짓이라니."

3학년 대표 케네스가 놀라운 표정으로 말했다.

그 뒤에 서 있던 신문동아리 회장 머독이 천천히 앞으로 나오며 머리를 긁적였다.

"아카드 군, 내가 도움이 됐는지 모르겠군."

"역시 신문 동아리 회장님다우시군요. 어떻게 소문을 내셨기에 학생회장이 한걸음에 달려올 수가 있지요?"

"그냥 보통 남녀 사이에 떠도는 소문에 양념을 더했을 뿐이네."

신문 동아리 회장 머독이 머쓱한 표정으로 아카드에게

다가왔다. 단순한 소문만으로 매년 일만 골드씩 광고비를 받기에는 양심에 찔려서다.

"정말 큰 도움이 되었습니다."

"머독! 큰 실수 한 거야."

루빈이 머독을 바라보며 이를 갈았다.

차마 배신자가 머독일 줄은 상상도 못 한 표정으로 부들부들 떨고 있던 루빈이 갑자기 미친 듯이 웃었다.

"으하하하하하!"

그 웃음 속에는 자신이 처한 상황에 대한 분노가 고스란히 담겨 있었다.

자신이 그토록 노력해서 쌓은 명성과 평판이 와르르 무너지는 심정이었다.

"기가 막힌 함정이군."

"네놈의 음모는 모두 들통났어. 지금이라도 용서를 빌고 여기 에레나 양께 사죄해!"

머독이 손가락질하며 루빈을 비난했다. 학생회에서 제안받은 것이 찔려서인지 열성적으로 나섰다.

"크크크크크! 용서? 사죄? 네놈부터 죽여주마!"

가장 먼저 루빈이 노린 대상은 머독.

루빈은 신입생 옆에서 아부하고 있는 머독을 서릿발과 같은 눈으로 쳐다보며 크게 팔을 휘둘렀다. 회색의 연기들이 괴성을 지르며 루빈의 팔 주변으로 모여들었다.

우우우우우우웅!

"죽어라!"

루빈의 손바닥에서 머독을 향해 회색 연기가 발사되었다. 어지럽게 회전하는 회색 연기에는 음산하고 불길한 기운이 서려 있었다.

"밖으로 피신해!"

루빈의 행동에 심상치 않은 기운을 느낀 제이나가 학생들을 향해 고함쳤다. 에레나와 친구들, 노블레스 클럽의 케네스는 제이나의 목소리에 재빨리 밖으로 피신했다.

통나무집에 남아 있는 사람은 아카드와 머독. 그들은 루빈과 거리가 워낙 가까웠기에 미처 바깥으로 피신하지 못했다.

키이이이아오오오웅.

루빈의 신체에 설명할 수 없는 변화가 일어났다. 섬뜩한 소리와 함께 회색의 연기들이 루빈의 모공으로 스며들었다. 곧이어 루빈의 발끝부터 머리끝까지 회색으로 물들기 시작한다.

"다 없애주지. 이곳에 있는 네놈도, 저 밖에 있는 멍청한 것들도 모두 먼지처럼 사라지게 해주겠다. 우선 날 배신한 네놈부터다!"

루빈의 눈동자 흰자위가 회색으로 번들거렸다. 루빈은 양손에서 피어난 연기를 또 다시 머독의 목을 향해 쏘았다.

"머독 선배! 피해!"

"이이익! 읍, 직여지지가 않아."

아카드는 공포에 몸이 굳어 멍하니 회색 연기를 바라보는 머독의 고개를 강제로 눌렀다.

"약간의 부상은 감수해야 하나?"

아카드는 머독을 끌어안고 공중으로 몸을 날렸다. 아카드와 머독은 그대로 땅바닥으로 추락하며 몇 바퀴를 굴렀다.

통나무집 바깥에서 아카드와 루빈의 모습을 지켜보던 사람들은 모두 안도의 한숨을 쉬었다. 회색 연기가 아슬아슬하게 머독의 머리 위를 지나갔기 때문이다.

그러나 바깥 분위기와는 달리 내부의 분위기는 점점 심각해져갔다.

"미쳤군. 제정신이 아니야. 이런 엄청난 일을 수많은 사람들 앞에서 보여도 괜찮다는 건가?"

아카드는 천천히 일어나 고개를 흔들며 입에서 나오는 피를 닦았다.

"오! 암흑의 연기에 몸이 닿고서도 움직일 수 있다니. 놀랍군."

루빈은 박수를 치며 감탄했다. 루빈의 관심은 머독으로부터 아카드에게 옮겨졌다.

"역시 해적왕의 아들인가? 이 정도는 간단히 피할 수 있나 보지? 밑천을 드러내는데 그 정도는 되어야 죽이는 손맛도 짜릿하지."

— 어둠에서 지켜보는 영혼들이여. 내 영혼을 바치오니 더욱더 강력한 어둠의 힘을 나의 육체에 깃들게 하소서.

루빈은 양손을 공중으로 치켜들고 주문을 외고 있다. 회색으로 변한 루빈의 몸이 더욱더 짙어진다. 이제는 회색보다 검은색에 가까웠다.

이때가 공격할 수 있는 유일한 기회처럼 보이는데 루빈의 육체 주변을 회전하고 있는 검은 연기들 때문에 접근할 방법이 없다.

"빌어먹을!"

아카드의 이마에서 땀방울이 떨어진다. 루빈이 검게 물들 때마다 아카드의 표정도 어두워졌다

"저건 일반 흑마법이 아니야. 흑마법을 자신의 몸에 결합하는 고대시대의 유물 같은데?"

"뭐, 흑마법?"

제이나의 외침에 밖에서 듣고 있던 학생들의 입이 벌어

진다. 흉악한 일을 꾸민 것으로도 모자라 대륙에서 금지된 흑마법까지 펼치는 학생회장의 모습은 엄청난 충격으로 다가왔다.

"문을 가로막는 회색 연기 때문에 들어갈 수가 없어. 제이나, 이럴 때는 어떻게 접근해야 하지?"

안나가 발을 동동 구르며 제이나에게 물었다.

"나도 모르겠어. 저런 고위 마법은 처음이라서. 그래도 시도는 해봐야겠지?"

제이나가 조용히 양손을 어깨까지 올리며 마법 주문을 외우기 시작했다.

"아이스 스피어!"

아카데미 학생 중 유일하게 B급 마법 라이선스를 획득한 제이나가 펼칠 수 있는 최고의 필살기가 나왔다.

제이나의 손바닥에서 흘러나온 냉기가 천천히 공중으로 떠올랐다. 하얀 연기를 내뿜는 냉기들은 창의 모습으로 재구성되었다. 재구성된 하얀 창이 입구를 가로막는 회색 연기를 향해 힘차게 날아갔다.

쾅!

학생들의 기대 어린 시선들이 제이나의 손에서 입구로 옮겨갔다.

결과는 실패

얼음의 창이 곧바로 출입문을 공격했지만 너무나 손쉽게 막혀버렸다. 입구 주변에는 냉기가 파괴되면서 남긴 얼음 조각들이 어지럽게 흐트러져 있었다.

"소용없어. 저 정도의 흑마법을 뚫기 위해서는 최소 A급 이상의 마법사가 필요해. 겨우 B급의 경지에 오른 나로서는 무리야."

아카데미 최고의 마법사라는 자부심을 가지고 있던 제이나는 난생처음으로 좌절감을 맛보고 있었다.

'이럴 줄 알았으면 좀 더 마법 공부를 열심히 하는 건데. 내가 자만했어.'

제이나는 입술을 깨물며 나태했던 자신을 후회했다.

제이나뿐만이 아니다.

안나도 아무것도 해줄 수 없는 자신을 바라보며 비참한 기분을 느꼈다. 어려운 일은 죄다 후배에게 시키고 자신만 빠져나온 것 같아 미칠 지경이다.

'아카드, 제발 이번 위기만 넘겨줘.'

에레나는 주변 친구들의 목소리가 하나도 들리지 않았다. 금방이라도 울음을 터트릴 것 같은 표정으로 기도했다.

'흑마법 따위에 지지 말아요. 제발 건강하게 돌아와줘요.'

이상한 주문을 통해 온몸이 검게 바뀐 루빈의 공격은 눈에 보이지 않을 정도로 빠르고 강력했다. 전쟁을 거치며 수많은 칼날 속에서도 살아남은 아카드의 눈에도 보이지도 않을 정도다.

루빈의 공격이 스칠 때마다 통나무가 산산조각 나면서 파편이 날아다닐 정도였다.

'이거 스치면 사망이네.'

점점 아카드와 머독은 구석으로 몰리고 피하는 것도 한계에 봉착했다. 혼자라면 뭔 수를 쓰겠는데 공포에 굳어버린 머독과 함께 움직이려니 4배는 힘든 것 같다.

그나마 지금까지 버틴 것도 연기를 방해하는 바람들이 아카드 주변을 머물면서 지켜줬기에 가능했다.

그러나 구석으로 몰린 이상 피할 곳이 없어 보인다.

"클클. 아하하하하. 여기까지냐? 두 녀석은 이제 여기서 끝장이다!"

입가에 검은 거품을 흘리면서도 말을 하는 루빈의 눈은 충혈되었고, 뭔가 들떠 있는 모습이다.

사람 자체가 바뀐 것이 아닐까 의심할 정도로 지금 루빈의 모습은 믿기지 않았다. 전쟁터에서나 볼 수 있는 피에 미쳐버린 정신병자를 보는 것 같았다.

"오늘 이곳에서 다 끝장을 내주겠다."

더 이상 피할 공간도 없는 상황.

루빈의 모공에 스며들었던 회색 연기는 검은색으로 강화되어 주변을 끊임없이 회전하고 있었다.

루빈이 손바닥을 펴는 순간 검은색 연기들이 눈앞에서 뭉치기 시작했다. 마침내 검은 연기들은 하나의 형태를 만들어 냈다.

육각형.

검은 연기들이 만들어 낸 육각형 형태의 물체가 루빈의 손에서 회전하면서 대상을 찾고 있었다.

"죽어라!"

루빈의 명령에 육각형의 물체가 아카드와 머독에게 날아왔다. 이상한 물체는 피했지만 엄청난 폭음이 통나무집 안에 들이닥치면서 아카드의 등을 난폭하게 밀었다.

그의 검은 머리카락이 폭발에 휘말려 통나무 바닥에 넓게 흐트러졌다.

"감히 내 소유물을 건드린 네놈부터 죽여 볼까?"

루빈이 터벅터벅 바닥에 쓰러진 아카드를 향해 걸어갔다. 그의 등을 노려보던 루빈은 천천히 검게 물든 오른쪽 다리를 올려 아카드의 머리를 겨냥했다.

"잘 가라! 심심하진 않을 거야. 바지에 오줌 지린 저 녀석도 곧 보내줄게. 크크크."

루빈은 음흉한 웃음을 지으며 아카드의 머리를 향해 검은 연기가 피어나는 발바닥을 내리찍었다.

아카드의 머리가 터져 뇌수가 온 방 안을 적실 거라 기대하며 내리친 발의 감각이 이상하다. 분명히 핏물이 분수처럼 터져나와야 하는데 나뭇조각들만 튀면서 먼지가 자욱하다.

"이야! 500년 만의 인간 세상인가? 공기가 다르네, 달라."

아카드는 벌떡 일어나 통나무집 주변을 둘러보며 신기하다는 표정을 지었다.

루빈은 처음으로 경계 어린 시선으로 아카드를 바라보았다. 자신의 공격이 실패한 것보다 몸에 깃들어 있는 어둠의 기운들이 맹렬하게 아우성치는 게 더 신경 쓰인다.

"무슨 수작을 부린 거지?"

"야! 말 많은 새끼, 500년 만에 강림하신 실리안 님을 보고도 그런 소리가 나와? 어디서 어설프게 흑마법 좀 배운 모양인데 얼른 집에 가라잉."

아카드가 가짜 정령 소환서로 오해하고 있었던 양피지는 사실 진짜였다.

샤피르의 유언에 따라 아카드와 계약을 맺은 정령들 중

가장 약한 바람의 정령 실리안조차 모습을 드러낼 수 없었던 것은, 아카드에게 정령의 씨앗이 없었기 때문이다.

정령사가 되기 위해서는 반드시 정령사인 스승이 필요하다. 정령사를 통해서만이 원소로 이루어진 정령의 씨앗을 머리에 심을 수 있기 때문이다.

복수를 위해 북쪽으로 향한 샤피르는 자신의 대에서 정령사가 끊기는 것을 볼 수 없었다. 그는 떠나기 전, 씨앗을 직접 전해줄 수 없는 대신에 자신의 정령들에게 씨앗을 나눠주었다.

대신 정령 소환서를 통해 계약을 맺은 후인이 어느 정도 정령의 힘을 갖추었을 때 정령들이 나타나도록 흑마법사들이 주로 쓰는 악마 소환술을 섞어버렸다.

샤피르 자신이 후인에게 직접 정령의 씨앗을 전해줄 수 없는 대신 깨어난 정령들이 아카드의 정신에 머물며 씨앗 형태로 자라게 하기 위한 의도였다.

아카드가 양피지에 자신의 피를 뿌렸을 때, 정령들은 500년 만에 깨어나 계약자 주변을 맴돌았다.

그러나 직접적으로 아카드와 소통할 수가 없었다. 계속 맴돌면서 기회를 엿보았으나 정령력이 부족한 아카드는 특별한 체험쯤으로 치부해버렸다.

만약 아카드가 무심코 만져버린 고급 정령석이 아니었다

면 지금의 위기에서 정령 실리안은 결코 계약자에게 개입할 수 없었을 것이다.

정령석을 통해 가장 먼저 깨어난 바람의 중급 정령 실리안은 아카드가 정신을 잃자마자 그의 정신 속으로 파고들었다. 실리안은 무형의 씨앗 형태로 파고들어 아카드 신체의 결정권을 손에 쥐었다.

"2단계 흑마법 강화술을 용케도 피했구나."

루빈은 감탄했다. 루빈의 경계심도 점점 높아진다.

아카드는, 아니 아카드의 모습과 똑같지만 다르다.

말투도 다르고 눈동자도 원래의 검은 눈동자에서 푸른빛을 띠는 회색 눈동자로 바뀌었다. 무엇보다 달라진 것은 바람들이 오래된 연인을 만난 것처럼 아카드 주변을 맴돌고 있다는 점이었다.

"야! 내 말 안 들려? 집에 가서 흑마법 더 배우고 오라니까. 어쭈! 나랑 한번 해보자 이거지?"

그 존재는 말을 끝마치자마자 아카드라고 할 수 없을 정도의 빠르기로 순식간에 루빈과의 간격을 좁혔다.

"뭐야!"

루빈이 당황하며 다가오는 아카드에게 왼팔을 휘둘렀다. 어느새 루빈의 손으로 돌아온 육각형의 물체는 아카드의 얼굴로 날아간다.

"이 몸한테 그런 어설픈 장난은 안 먹혀. 윈드 실드!"

실리안이 깃든 아카드의 입에서 가소롭다는 말이 나오는 것과 동시에 바람들이 모여 루빈이 날린 육각형의 물체를 공중으로 날려버렸다.

콜록. 콜록.

육각형의 물체는 사라졌지만 아카드의 신체도 성하지 못했다. 워낙 죽음의 기운을 압축한 물체라 아카드의 몸 곳곳에 핏자국들이 떨어졌다.

"인간은 이래서 안 돼! 야! 이게 내가 약해서 피 나는 게 아니야. 계약자 놈 몸의 정령의 힘이 너무 약해서 중급 정령님이신 나 실리안 님의 능력을 다 펼치기에는 어마어마하게 모자라거든? 그렇다고 이대로 놔두자니 500년 만에 만난 계약자를 죽일 수도 없고, 어디 보자."

루빈 앞에서 알 수 없는 말을 내뱉는 아카드의 눈이 천장을 향했다. 바람들이 아카드 주변을 맴돌며 천장에 누가 있다고 끊임없이 일러바친다.

"야, 어설픈 꼬맹이. 천장에 숨어 있는 쥐새끼. 얼른 나와. 거기 있는 거 다 알거든?"

아카드의 몸에 깃든 바람의 정령 실리안은 천장을 향해 바람으로 목소리를 실어 보냈다.

"야! 천장에 있는 쥐새끼! 나 좀 도와야겠어."

제르는 황당하긴 하지만 암살자답게 냉정하게 판단했다. 지금은 저 망할 흑마법 때문에 자신도 갇혀버린 상황. 움직임 하나하나에 신중을 기해야 할 필요가 있었다.

"젠장. 숙소에서 떠났어야 했는데. 그놈의 호기심 때문에 망했네."

아카드를 미행하다가 숙소에서 의뢰자가 자신을 죽이려 한다는 음모를 알아챈 제르는 곧바로 연수원을 벗어나려고 했다.

그런데 아카드의 행동을 지켜보며 암살자로서 절대 가져서는 안 되는 호기심이 생겨 버렸다. 음모를 알려 준 대가로 아카드를 죽이려는 의뢰는 진작에 포기했다.

'아직 나는 멀었구나. 의뢰 대상에게 사적인 감정을 가지다니.'

아카드가 함정을 파고, 사람들을 자기편으로 끌어당기는 모습을 보며 결말을 지켜보고 싶다는 생각이 들었다. 의뢰인으로 추정되는 루빈이 골탕 먹는 모습도 꼭 눈에 담고 싶었다.

'그런데 하필 의뢰인으로 추정되는 인간이 제국은행장의 아들? 거기다 흑마법사?'

일이 너무 커져버린 상태에서 도망치고 싶어도 통나무집 주변을 들러싼 검은 연기 때문에 천장에 갇혀버린 상태다.

"잘 생각해. 내가 죽으면 너도 죽어. 도울 거야? 말 거야?"

"십만 골드. 암살자는 의뢰받지 않은 전투는 하지 않는다는 금제가 걸려 있어서."

제르는 반말도 존댓말도 아닌 애매모호한 말투를 사용했다.

바람을 사용하면서 흑마법사한테도 밀리지 않는 이상한 능력과 암살자인 자신의 위치를 한눈에 찾아낸 것 때문에 말을 함부로 놓을 수가 없다.

'저놈이 무서워서가 아니라 원래 의뢰인에게는 말을 놓지 않는 게 일류 암살자지.'

고객 관리 차원에서 서비스한 것이라고 애써 우기며 제르는 아카드의 대답을 기다렸다.

"오케이! 내 돈 아니니까 상관없겠지. 돈은 A&M 투자상단으로 받으러 와. 알겠어?"

"설마 이번에 맥주로 소문이 자자한 그 상단이유?"

장난으로 뱉은 말이 진담으로 다가오자 제르의 표정이 달라졌다.

A&M 투자상단이라면 그도 들어본 적이 있었다. 4대 상단의 벽을 뚫고 아카데미 입찰 경쟁에서 납품을 따낸 상단으로 소문이 자자했다. 맥주 또한 미칠 만큼 황홀한 맛이었다.

요즘같이 전쟁이 끝난 상황에서 암살계는 극심한 불경기를 겪고 있었다. 새로운 의뢰자의 말이 사실이라면 반드시 사정을 해서라도 받아들여야 하는 의뢰였다.

"와! 이번 의뢰인도 부자네. 그 의뢰 받아들여 볼까요? 대신 약간의 시선을 끌어줬으면 하는데. 딱 봐도 저 망할 자식이 버서커 상태라 약간의 틈이 필요할 것 같아서. 의뢰인께서 조금만 시간을 끌어주시면 안 될라나?"

"어설픈 쥐새끼 놈이 그런 것도 스스로 못 해? 500년 동안 암살자들 수준 많이 떨어졌네."

"선택은 의뢰인이 하는 거니까. 잘 생각하슈."

"내 목숨 아니니까 너무 걱정해주지 말고. 그리고 말이야, 위험 부담이 있으면 의뢰비는 반으로 주는 걸 내가 모를 줄 알았지? 그럼 의뢰비는 5만 골드로 할 거야. 알겠어?"

독종도 저런 독종이 없다. 자기 목숨이 위기에 닥쳤음에도 거래를 하는 모습은 아무리 봐도 비정상이다.

"이래서 상단 놈들이랑은 말도 섞지 말라고 하나 봐. 좋아, 받아들여 볼까?"

쾅! 쾅!

루빈의 공격이 더 빨라지기 시작했다. 마지막 최후의 공격을 힐 모양이다. 아카드는 미쳐 날뛰는 루빈의 공격을 가까스로 피하며 입술을 움직였다.

"쥐새끼, 아직 멀었어?"

"암살자라는 좋은 말 놔두고 쥐새끼가 뭡니까? 30초만 의뢰인에게 정신이 쏠릴 수 있도록 해주면 될 것 같은데?"

루빈 모르게 바람을 통해 대화를 나누던 아카드의 표정이 점점 일그러진다.

"아, 미치겠네. 계약자 몸에서 정령의 기운이 점점 줄어가는데."

루빈의 공격은 지칠 줄을 몰랐다. 오히려 시간이 지나면 지날수록 점점 강해졌다.

"일단 여기에 바람의 기운을 집중시켜야겠다."

아카드는 주머니에 있던 과도를 꺼내어 앞으로 내밀고 천천히 자세를 취했다. 바람의 힘을 전신에 두르기에는 정령의 기운이 너무 빨리 소진되기에 한 곳에 집중시켰다.

바람의 정령 실리안은 아카드 주머니에 있던 과도에 바람의 기운을 불어넣고 정령의 힘을 최소한으로 설정했다.

"클클클. 겨우 꺼낸 무기가 과일 깎는 칼이냐."

한순간 아카드의 회색 눈빛이 천천히 가라앉았다.

"너는 너무 말이 많아. 한 살이라도 더 먹은 내가 충고해 줄게. 너처럼 말 많은 인간 중에 오래 사는 놈은 하나도 없어. 알겠어?"

아카드는 루빈과의 거리를 순식간에 좁혀버렸다. 아무래도 원거리 공격을 하는 흑마법사의 특성상 조금이라도 거리를 좁혀야 과도로 찌를 수 있는 가능성이 높아진다.

루빈도 다급하긴 마찬가지.

점점 흑마법의 힘이 자신의 정신을 잠식하고 있다. 이러다가는 마법 폭주로 미쳐버린다는 사실을 그 누구보다 잘 알고 있는 루빈으로서는 방해하는 바람들을 뚫고 저 신입생을 빨리 죽여야 했다.

벌써 루빈의 검게 물들었던 발끝이 점점 희미해져가기 시작한다.

루빈은 자신의 품으로 파고드는 아카드를 어깨를 돌려 피한 후 모든 기운을 양손에 담아 쏟아부었다.

"이놈! 마지막이다!"

두 사람의 그림자가 서로 교차했다.

아카드는 바람의 기운을 과도에 가득 담아 루빈을 향해 힘껏 휘둘렀다.

"으하하하하하! 개자식! 허세였구나!"

루빈이 미치광이처럼 웃었다. 바람의 기운으로 자신을 찔러오는 공격은 피했다. 정확하지는 않지만 분명이 자신의 손에 반응이 왔다. 녀석의 살을 뜯어낸 느낌이 왔다.

하지만 돌이본 결과 아카드의 몸에 아무런 상처가 없는

것을 보고 경악하고 말았다.

'설마 내 감각이 잘못된 것인가? 그럴 리가 없다! 죽음의 기운은 거짓말을 하지 않는다.'

그때 쿵 하는 소리와 함께 쓰러진 것은 머독이었다.

머독은 의문이 가득한 눈으로 천장을 바라보고 있었다.

"천장?!"

루빈은 고개를 들어 천장을 바라보려 했다.

"누구냐!"

루빈이 고함을 질렀지만 고개가 움직이지 않는다.

"마계에 가면 네 친구들이 아주 많을 거야. 가서 친구들한테 전해. 바람의 정령 실리안 님에게 죽었다고. 그럼 마족들도 섭섭지 않게 대우해줄 거야."

"실리안? 미쳤군. 네놈이 정령이라도 된단 말이냐? 정령이 악마처럼 계약자의 몸에 들어갈 수 있다고? 미쳐도 단단히 미쳤군."

"너는 그래서 안 돼! 믿지 말든지."

루빈은 아카드의 태도에 발끈하여 앞으로 나서려고 했다.

"내 허락을 받지 않고 이 공간을 빠져나갈 수 있을 것 같으냐?"

"쯧쯧. 정말 멍청한 놈! 넌 이미 끝났어."

루빈의 뒷목에서 쩌억 하는 소리가 들렸다.

무언가 터지는 소리.

곧바로 루빈의 힘의 원천인 죽음의 연기가 끈적한 액체와 뒤섞여 급격하게 빠져나가기 시작했다.

"이건 뭐야! 믿을 수 없다!"

루빈의 뒷목에서 쩌억 하는 소리가 멈추지 않는다. 뒷목의 상처가 서서히 속도를 높이며 커져간다.

루빈은 아카드에게 죽음의 기운을 집중하느라 위에서 내려온 공격에 속수무책으로 당했다.

무방비 상태여서 치명상은 당했지만 죽을 정도는 아니었다. 마법의 천적으로 불리는 정령사의 힘이 루빈의 몸에 침투하면서 그를 보호해주던 죽음의 기운이 분해되기 시작한다.

"아앗, 아아아아아아!"

기이이이이이이잉—

단말마의 절규도 죽음의 연기가 내는 기괴한 소리에 삼켜져 점점 작아진다.

"의뢰인도 대단하지만, 내 속임수 쓸 만하지 않소?"

천장에서 암살자 제르의 목소리가 들렸다. 그의 목소리에는 자부심이 가득하다.

"의뢰 내용이 틀리잖아. 산 사람을 이용하면 시체값 누가 물어줘? 우리 계약자가 다 물어내야 할 거 아니야?"

그 계약자에 그 징령이디. 비람의 정령 실리안도 아카드의 정신에 꽤 많은 영향을 받았는지 거래하는 폼이 노련해 보였다.

"산 사람 송장 만들었으니 반으로 까!"

"이 독한 놈! 아니, 의뢰인! 내가 졌수! 대신 다음에는 어림도 없을 줄 아시오!"

제르는 만 골드라도 건지려면 빨리 이 자리를 벗어나야 한다는 사실을 깨달았다. 더 이상 망할 의뢰인 옆에 붙어 있다가는 그나마 있는 돈도 털릴 것 같은 예감이 들었다.

루빈이 죽자마자 흑마법으로 입구를 막고 있던 결계가 풀렸다.

에레나는 단숨에 달려와 아카드를 껴안았다.

"아카드 군, 괜찮아요?"

밖에 있던 사람들도 일제히 달려왔다.

특히 에레나의 얼굴은 창백 그 자체였다. 얼마나 긴장했는지 그녀의 손은 땀으로 흥건했다.

"이야. 정령의 힘은 쥐꼬리만 한 주제에 능력은 좋네."

그 말을 끝으로 아카드 몸에 깃들어 있던 정령의 힘이 소진되면서 스르르 눈이 감겼다.

정신 속에서 계약자의 신체를 통제하던 바람의 정령 실리안이 사라지면서 아카드는 기절한 상태로 되돌아왔다.

"그대로 잠들어버렸네."

에레나는 눈을 흘기며 아카드의 상체를 자신의 무릎에 눕혔다. 그녀는 아카드를 내려다보며 머리카락을 쓰다듬었다.

"그렇게 돈 욕심을 부리더니 한 푼 만져보지도 못하고 가네."

폴은 덤덤하게 통나무집 한쪽에 쓰러져 있는 신문 동아리 회장 머독의 시체를 바라보았다.

"안타깝게 됐군. 그러나 이러고 있을 시간이 없네. 자네가 해야 할 일이 남아 있지 않은가?"

노블레스 클럽의 3학년 대표 케네스가 다가와서 폴의 어깨를 두들겼다.

"잘난 친구의 명령이니 따라야겠지요."

폴은 아카드를 한 번 바라보더니 힘없는 발걸음으로 밖으로 나갔다.

"정말 아무 이상 없는 거야?"

요리 동아리 여학생들이 아카드의 몸을 이곳저곳 살펴보며 물어보았다.

"크게 다친 것은 아닐까? 계속 잠만 자."

"아카드. 탈진."

"응? 정말? 아무 이상 없는 거지?"

마법학과 소속인 제이나가 아카드의 이마와 눈동자를 살펴보며 에레나를 안심시켰다.

남학생들이 아카데미 미녀들 품에 싸여 있는 아카드를 질투 어린 눈빛으로 바라본다.

흑마법의 위기에서 구해 준 것은 칭찬받을 일이지만 아카데미 여신으로 불리는 에레나의 품에 안겨 있는 것에 심한 거부감이 생긴다.

하지만 누구 하나 나서는 이는 없었다.

아카드는 에레나의 품에 안길 만한 영웅적인 행동을 했고, 안길 수 있는 자격이 있다고 인정했기 때문이다.

"자, 뭣들 해! 오늘 사건을 여기 있는 폴이 발표한다고 하니 요리 동아리 소속 학생들을 제외하고는 밖으로 나가세."

노블레스 클럽 3학년 대표 케네스를 비롯해 노블레스 소속 학생들 모두가 돌아다니며 학생들을 하나둘씩 모으기 시작했다.

폴을 확실히 밀어주겠다는 약속을 지키기 위해서다.

"마무리는 여기에 있는 폴이 주도할 겁니다."

갑자기 뜬금없는 소리에 모든 시선이 신입생 폴에게 쏠렸다.

"네? 저요?"

Chapter 10.
제국은행의 반격

　"말도 안 되는 소리! 노블레스 클럽을 들러리로 만들 셈인가?"

　"큰 그림을 그리셔야죠. 임시회장만 하다가 다시 골든 클럽에게 학생회를 뺏길 생각입니까?"

　"그건 아니지만……."

　"가을까지 6개월밖에 남지 않았습니다. 임시회장 자리는 폴에게 밀어주시고 가을 이후에 학생들의 박수를 받으며 높은 자리로 올라가시지요. 임시회장 폴이 시민 출신 학생들의 표를 확실히 밀어 줄 겁니다."

　"하지만 1학년이 학생회장 자리에 오른 전례가 없어. 학생들이 동요하지 않겠나?"

"그러니까 노블레스 클럽의 힘이 필요한 것 아니겠습니까? 중요한 자리는 귀족 출신 학생들에게 맡길 생각입니다."

"과연 1학년 신입생 밑으로 들어가려는 귀족 학생이 있을까?"

"그 일은 케네스 선배님이 하실 일이지 제가 거기까지 나서야 하는 겁니까? 저는 밥상만 차릴 겁니다. 드시는 건 노블레스 클럽에서 알아서 하십시오."

"대신 노블레스 클럽을 밀어준다는 약속 지켜야 해!"

노블레스 클럽 3학년 대표 케네스는 폴의 뒤를 따라가며 아카드의 숙소에서 나눈 대화를 떠올렸다.

노블레스 클럽 학생들의 주도에 불만을 가지고 있던 평민 학생들은 폴이 단상에 올라오자 호감 어린 눈빛을 보냈다.

일단 귀족 출신이 아닌 평민 출신 학생이 이런 중요한 자리에서 직접 발표한다는 것에 큰 의미를 두었다. 특히 평민 출신 학생들의 지지를 받던 학생회가 흔들리는 상황에서 폴의 등장은 단숨에 학생들의 이목을 끌었다.

"흠. 안녕하십니까. 신입생으로서 불미스러운 사건을 재학생 및 선배님들께 알려드리게 되어 송구스럽습니다. 이번 사건의 발단은 전 학생회장 루빈이 신입생 아카드를 만나면서 시작된 일로⋯⋯."

아카드와 루빈의 첫 만남부터 에레나 납치 사건까지.

폴은 학생들에게 루빈의 만행을 발표했다.

폴의 발표에 학생들은 믿을 수 없다는 표정을 지었다. 특히 기존 학생회 학생들의 반발이 거셌다.

"증거로 마법 녹음기를 제출하겠습니다."

폴이 마법 녹음기를 단상에 올려놓자마자 노블레스 클럽 3학년 대표인 케네스가 올라와 플레이 스위치를 눌렀다.

그리고 시작된 아카드와 루빈의 대화 내용.

폴의 발표에 강하게 반발하던 학생회 소속 선도부 학생들이 슬그머니 빠져나가기 시작했다.

"선도부! 이놈들!"

그 모습을 가만히 둘 안나가 아니었다.

안나가 몇몇 도망치는 학생회 소속 학생들을 바라보며 손가락을 까닥거렸다. 그녀의 고함 소리에 도망치던 선도부원들이 슬금슬금 다시 돌아왔다.

"네놈들은 당장 역적 루빈을 치안대에 넘기도록 해. 만약 내일 우리 아버지께 물어봐서 조금이라도 거짓말을 한다거나 사실을 감추다가 걸린다면. 말 안 해도 어떻게 되는지 잘 알겠지?"

안나는 선도부원들을 향해 주먹을 흔들었다.

"네. 절대 거짓말은 하지 않겠습니다."

"그리고 저기 보기 싫은 시체들은 네놈들이 정리해!"

선도부 학생들이 얼른 다가와 루빈과 머독의 몸을 들어올렸다. 그들은 학생들의 매서운 눈초리를 피하기 위해 시체를 업고 산길을 뛰어 내려갔다.

*　　　*　　　*

가장무도회장.

학생회장 루빈의 엄청난 범죄 사실로 인해 행사는 중지되었다.

아름다운 선율을 뽑내던 바드들도 사라지고 음악에 맞춰 춤을 추던 학생들도 모두 연수원 숙소로 돌아갔다.

에레나는 그대로 바닥에 주저앉아 둥근 달을 한없이 바라보았다. 달 주변에는 하얀 구름이 유유히 흘러가고 있었다.

"이렇게 3학년 MT도 지나가는구나. 달 참 예쁘다."

얼마의 시간이 지났을까?

에레나의 무릎을 베고 있던 아카드가 조금씩 움직였다.

"아카드 군! 정신이 들어요?"

"선배. 여긴 어디지?"

아카드의 눈꺼풀이 서서히 올라가며 칠흑 같은 검은 눈동자가 모습을 드러냈다.

"여왕의 숲. 오늘 여기서 가장무도회가 열렸거든요."

"루빈은 어떻게 됐지?"

아카드가 자신의 몸을 살펴보며 심각하게 물었다.

"아카드 군이…… 기억 안 나요?"

"뭐? 내가?"

"아카드 군과 싸우다가 죽었어요."

"선배, 자세히 좀 들을 수 있을까?"

"왜요? 어디 아파요?"

에레나는 이상한 행동에 고개를 갸우뚱하며 아카드의 이마에 손을 갖다 대었다.

"열은 없는데?"

에레나는 아카드와 루빈이 싸우던 모습을 최대한 자세하게 설명했다.

"정령 소환서가 진짜였나?"

만약 정령 소환서가 진짜라면 이 모든 상황이 아귀가 맞아떨어진다. 바람이 자신 주변으로 유난히 많이 분다든가, 기감이 좀 더 발달한 것이나.

'그동안은 왜 나타나지 않았을까? 목숨이 위급할 때만

나타나나?'

모든 것이 궁금하다.

"뭐예요? 정말 어디 아픈 거 아니죠?"

아카드는 더 이상 에레나의 무릎에 누워 있다가는 어색해질 것 같아 황급히 몸을 일으켰다.

꼬르륵.

배에서 음식을 달라고 아우성친다. 엄청나게 몸을 혹사했으니 당연한 결과다.

"혹시 음식이나 마실 거라도 없나? 주방에서 사과 하나 먹은 거 말고는 하루 종일 굶은 것 같은데."

"맞다. 아카드 군은 오늘 하루 종일 아무것도 못 먹었겠네요. 아쉽다. 사과의 의미로 샌드위치를 만들어 주려고 했는데."

에레나는 아쉽다는 표정으로 무도회장에서 남은 쿠키와 주스를 갖다 주었다.

"다행이군."

"무슨 의미죠?"

"알면서 왜 물어. 요리 동아리 사람들 중에 인간이 먹을 수 있는 음식을 만드는 사람은 하나도 없잖아. 차라리 암살자에게 몰래 죽는 게 낫지. 배탈 나서 죽는 건 사양이라고…… 아얏!"

"참 얄밉게도 말하시네요."

에레나가 아카드의 옆구리를 살짝 꼬집었다.

아카드가 정신없이 쿠키를 먹고 있을 때 산에서 불어오는 새벽바람이 에레나 주변을 감쌌다.

봄이라고는 하지만 산에서 불어오는 바람은 차갑다. 에레나는 가는 어깨를 모아 움츠렸다.

"으으으. 좀 춥다. 이곳만 바람이 많이 부는 것 같네."

그 말을 들어서일까?

허기를 채운 아카드가 천천히 몸을 일으켰다.

그는 자신의 재킷을 벗어 에레나의 작은 어깨에 덮어주었다.

"전혀 그렇게 안 보이는데 매너는 갖추셨네요."

"오해하지 마. 무릎을 빌린 대가를 갚은 것뿐이야."

아카드는 쿠키만으로 부족한지 한 손으로 오렌지 주스 한 잔을 더 마셨다.

'픕! 부끄러워하는 것 같은데.'

에레나가 몰래 미소를 짓고 있을 때, 숲 속에서 음악 소리가 들려왔다.

악기 소리는 아니지만 더 자연스럽고 순수한 자연의 소리. 풀벌레들과 새소리가 주변에 울려퍼진다.

에레나는 머릿속으로 가장무도회를 떠올리며 흥얼흥얼

거렸다.

"선배, 춤출 줄 알아?"

"아카데미에서 교양과목으로 배우긴 배웠죠. 써먹을 일이 없어서 다 까먹었어요. 아카드 군은 춤 잘 춰요?"

"그런 건 옛날에 마스터했지."

아카드는 자신에게 춤을 가르쳐 준 해적들을 떠올리며 피식 웃었다. 그는 조용히 자리에서 일어났다.

"왜요, 숙소에 가고 싶어요?"

"흐음, 한 곡 어떠십니까? 좀 움직이면 추위가 덜할 것 같아서."

아카드는 시선을 돌리고 약간 부끄러운 듯 말했다.

갑작스러운 춤 신청에 에레나도 당황했다.

저 손을 잡아야 하나? 거절해야 하나? 고민할 틈도 없이 아카드의 손이 자신의 손을 잡고 일으킨다.

"숙녀의 손을 억지로 잡아당기는 건 예의에 어긋나는 행동이에요."

"그런가? 우리 집안이 해적 집안이라 깜빡했어."

"풉. 춤 신청 후회하게 될걸요. 제 구두 굽이 좀 날카로운 편이거든요."

"그 정도는 가볍게 리드해 드리지."

에레나는 양손으로 정중히 드레스 자락을 들어 올렸다.

아카드 또한 무릎을 굽혀 에레나에게 인사했다.

"저와 한 곡 추시겠습니까? 레이디?"

두 사람은 아무도 없는 잔디 중앙으로 향했다.

두 사람은 풀벌레 소리에 맞춰 스텝을 밟기 시작했다.

하지만 그들의 첫 무도회는 1분도 지나기 전에 멈췄다.

"선배, 나 골탕 먹이려고 일부러 밟은 거지?"

"아니거든요? 절 어떻게 보시고."

"너무 티 나게 밟는 거 아니야? 이번엔 정말 아팠다고."

"전 분명히 말했어요. 후회할 거라고."

"오호라. 그래서 대놓고 밟으셨다?"

"그만 출래요."

"고맙군. 선배와 춤 두 번만 췄다간 목발 짚고 다니겠어.
그럼 난 이만."

아카드는 연수원 숙소를 향해 혼자 걸어가 버린다.

"나쁜 놈! 지 때문에 납치당했는데. 아이, 분해!"

아카드에게 음식을 만들어 주려고 하다가 납치된 에레나
는 원망 어린 눈빛으로 그를 노려보았다.

*　　　*　　　*

이기데미의 첫 행사를 알리는 MT가 끝나고 연수원 밖으로 학생들이 쏟아졌다.

학생들의 숫자는 예년과 동일했지만 얼굴 표정은 썩 밝지 않았다. 엄청난 사건이 벌어졌기 때문이다. 교수님들은 학생을 제대로 인솔하지 못했다는 생각에 굳은 입을 꾹 닫고 계셨다.

밖으로 나오자 수많은 마차들이 서 있었다. 마부들은 밖으로 나와 주인을 찾느라 정신이 없다.

"아카드 군. 저랑 같이 타고 가실래요?"

에레나가 저 멀리서 아카드에게 손짓했다.

그녀 뒤에는 여덟 필의 말과 하얀색과 금장으로 치장된 호화로운 마차가 있었다. 마차 위에는 방패 모양의 휘장이 펄럭이고 있었는데, 바로 제국의 방패라는 클라우스 가문의 마차였다.

"됐어. 택시 타고 가도 돼. 피곤할 텐데 먼저 들어가."

"그래도 가는 길이면 태워드릴게요."

새벽을 함께 보내서일까?

에레나를 대하는 아카드의 말이 예전과는 다르게 조금 부드럽다고 느껴진다.

그러나 어떤 일에건 훼방 놓는 사람은 존재하는 법.

"아카드 님, 약속을 잊진 않으셨겠죠?"

빨간 머리카락을 휘날리며 다가오는, 날카롭지만 전체적

으로 미인형의 여학생. 바로 마로니에였다.

마로니에는 두 사람 사이에 흐르는 기묘한 분위기 속으로 파고들어 와 아카드의 팔짱에 손을 집어넣었다.

"에레나 선배님! 우리 아카드 님은 제 마차를 타고 가실 거예요. 몸도 안 좋으실 것 같은데 먼저 들어가세요."

아카드는 마로니에를 보자마자 한숨을 쉬었다. 자신이 보낸 쪽지에 원하는 날짜에 데이트를 해 준다고 적어놨기에 어쩔 수 없는 상황이다.

"그래요. 그럼 아카드 군 잘 부탁드릴게요."

에레나는 곧바로 뒤돌아 마부의 손을 잡고 마차에 올라탔다.

'기분 탓인가? 에레나 선배의 몸에서 찬바람이 부는 것 같은데.'

아카드는 마로니에의 손에 이끌려 드워프가 제작했다는 고풍스러운 마차에 도착했다.

"고문님! 고문님!"

갑자기 학생들 틈새에서 익숙한 목소리가 들렸다.

아카드가 고개를 돌리자 저 멀리서 로우가 학생들을 확인하며 누군가를 찾고 있다.

"여기야."

이기드기 손을 흔들자 로우가 뛰어왔다. 로우의 얼굴에

는 뭔가 큰일 난 사람처럼 다급한 표정이 역력했다.

"무슨 일이기에 아침부터 호들갑이지?"

"큰일 났습니다! 마스터께서 보건복지부 요원들에게 체포되셨습니다."

"뭐야?!"

아카드의 표정이 심각해졌다. 하지만 이 자리에서 물어볼 수는 없다. 느낌상 맥주와 관련된 일 같았기 때문이다.

"뭐 타고 왔나?"

"저기 택시를 불러놨습니다."

아카드는 마로니에를 바라보며 정중하게 사과했다.

"오늘은 집안에 급한 일이 생긴 것 같은데 다음으로 미루면 안 될까?"

"뭐 어쩔 수 없죠. 그러나 꼭 약속 지키셔야 해요."

"고마워. 내가 맛있는 식사 대접하지."

마로니에는 실망스러운 표정으로 대답했다. 하지만 고맙다는 말과 맛있는 식사라는 말에 금방 표정이 밝아졌다.

아카드는 마로니에가 마차에 올라타자마자 로우를 쳐다보았다.

"무슨 일인지 모르겠지만, 일단 상단 사무실로 가지."

"네. 이쪽으로 가시지요."

아카드는 로우가 대기시켜 놓은 택시를 타고 사무실로

향했다.

아카드가 사라진 곳에 떠난 줄 알았던 에레나가 멍한 얼굴로 서 있었다.

"토마스 님이 체포되었다고?"

에레나는 재빨리 마차에 타서는 마부에게 다급하게 외쳤다.

"상단 지구로 가주세요. 급해요!"

*   *   *

A&M 투자상단 고문실.

한때 상단주실이었다가 고문실로 바뀐 2층에 전 직원들이 모였다. 그들 대부분은 마스터가 체포되었다는 소식에 충격을 받은 표정이다.

"그래서, 고작 토마스가 체포됐다는 소식에 하던 일을 멈추고 있는 거야?"

"그게…… 토마스 님이 승인해야 할 서류들도 있고, 보고드려야 할 사항들도 있어서."

쾅!

아카드가 탁자를 내려쳤다.

"마스디기 없스면 일이 안 돼? 당신들은 모두 윗사람의 지시가 있어야 움직이는 사람들이야!"

"……"

모두 벙어리가 된 것처럼 아무 말도 하지 못했다. 상식적으로는 아카드 말에 틀린 것이 하나도 없기 때문이다.

"이래서 당신들 믿고 일을 맡기겠어? 내가 없는 동안 하나하나 일을 진행할 때마다 토마스의 지시를 받아 왔던 거야? 그런 거야?"

"하지만 고문님, 자금을 집행하는 일에 대해서는 마스터의 승인이 필요한 것은 사실입니다."

"일단 회의 시작하지."

아카드의 얼굴에는 찬바람이 쌩쌩 불었다.

그때 문을 조심스럽게 열고 살금살금 고양이처럼 고문실에 들어오는 사람이 있었다.

"테디, 넌 도대체……"

아카드는 말을 하려다가 멈췄다. 사무실에서 아카데미 이야기를 꺼내는 것은 옳지 않은 행동이라고 판단했기 때문이다.

"빨리빨리 다녀."

"피잇. 아직 점심시간인데."

테디는 입을 쭉 내밀며 자리에 앉았다. 테디의 혼잣말에 아카드는 한마디 쏘려고 하다가 침을 꿀꺽 삼켰다.

"우선 토마스가 없으니 내가 회의를 주도하도록 하지. 가장 급한 사항부터 보고해봐."

그러자 가장 먼저 파머가 손을 들었다.

"말해."

"지금 보리와 홉의 가격이 폭등했습니다. 이대로 가다가는 아카데미 낙찰가를 못 맞출 수도 있습니다."

"다른 곡물들도 함께 올랐나?"

"오히려 그 반대입니다. 쌀과 밀은 가격이 내리는데 보리와 홉만 30% 이상 올랐습니다. 그래서 지금 사들여야 할지 말아야 할지 고민입니다."

"특별히 그 두 곡물이 오른 이유라도 있나?"

"저도 백방으로 수소문 중이지만 자연적인 요인이 아닌 것 같습니다."

"그 말은 중간에서 누가 장난치고 있다는 말이지?"

"조심스러운 의견이지만 차일드 상단에서 저희를 노리고 가격을 올린 것 같습니다."

차일드 상단은 4대 상단 중 하나로 곡물을 취급한다. 아스테리아 대륙에 유통되는 곡물의 50% 이상을 유통하는 집단이다. 영향력으로 따지면 4대 상단 중에서도 으뜸으로, 그들이 콧바람을 불면 식량이 부족한 북쪽의 몇몇 왕국들은 몸살을 앓을 정도라는 말이 있을 만큼 막강한 영향력을 행사하는 상단이다.

"다른 영지에서 구할 방도는 없나?"

"힘듭니다. 대부분 농산물을 생산하는 영지들이 차일드 상단과 밭떼기 거래를 하다 보니 구하기 힘든 상황입니다. 몇몇 소규모 영지를 돌면 구할 수 있겠지만 품질을 확신할 수 없는 상황이라."

"절대 안 된다! 신성한 술에 들어가는 보리와 홉은 최고로 좋은 것으로 주어야 한다! 귀족 인간은 나와의 약속을 어기면 안 된다!"

회의에 참석한 맥주 마스터 라거가 파머의 말에 펄쩍펄쩍 뛰며 날뛴다. 혹시나 품질 나쁜 저급의 보리와 홉을 줄까 봐서다.

"알았어. 그 문제는 내가 알아서 하지. 라거, 지금 맥주 만들 보리와 홉의 비축분은 얼마나 되나?"

"한 달은 버틸 수 있다. 하지만 아카데미 학생들이 맥주를 많이 마시면 보름 만에 없어질 수도 있다. 귀족 인간 반드시 기억하라. 나는 최고의 재료를 주지 않으면 맥주를 만들 수 없다!"

"알았어. 최고의 보리와 홉을 제공해 줄게. 그만 날뛰고 앉아."

"다른 인간들은 믿을 수 없지만 귀족 인간 말은 무조건

믿겠다. 우리의 믿음을 배신하지 마라!"

아카드는 한숨을 푹 쉬며 다른 직원들을 쓱 바라보았다.

"또 급하게 승인받아야 할 사람?"

그때 정직원들 중 유일한 홍일점인 식품팀장 그로세가 손을 들었다.

"고문님, 가문 영지가 혹시 바닷가 아니신지요?"

"그렇긴 한데. 무슨 일이지?"

"땅을 좀 얻어주십시오."

"뭐? 땅은 왜? 바닷가 영지라 농사짓기도 힘들 건데? 뭐 때문에 그러지?"

"혹시 커피라는 차에 대해 들어보셨습니까?"

"아하. 서쪽에 있는 다인 왕실에만 납품된다는 검은색 차 맞죠?"

"어머! 자기가 그걸 어떻게 알아? 나도 이번에 살짝 맛만 봤는데."

"그런데 커피는 고산지대에서만 열매가 열린다고 들었는데, 아닌가요?"

테디가 아는 척을 하자 그로세의 표정이 즐겁게 바뀐다. 아카드가 괜히 심통을 부린다.

"잡담 그만하고 말해봐. 커피라는 차가 바닷가에서 생산되는 기야?"

"확실하지는 않지만 곡물팀원 중 하나가 지금 연구 중인데 가능성이 높다고 합니다. 그래서 제가 커피라는 품목에 도전을 해보고 싶습니다."

"차가 돈이 되면 얼마나 된다고. 투자대비 수익은 괜찮은 편이야?"

"최고입니다! 다인 왕실에서는 같은 무게의 황금보다 더 비싼 가격에 팔리고 있는 실정입니다."

"그래?"

아카드가 살짝 놀란 표정을 짓는다. 그렇게 좋은 아이템이 있다면 적극 추천이다. 상단에서 취급하는 품목이 맥주 하나라면 위험성도 그만큼 커지기 때문이다. 가능성이 있는 아이템이라면 아카드는 적극 밀어줄 생각이다.

"좋아. 가문에 알아보도록 하지. 일주일 안에 해답을 주면 되겠나?"

"충분할 것 같습니다."

"필요한 자금은 얼마면 되겠나?"

"연구에 필요한 커피 종자를 구입하는 데 만 골드 정도 들어갈 것 같습니다."

"바로 승인해주지. 지금 토마스가 운용하던 자금을 관리하는 사람이 누구지?"

법무팀 팀장인 로우가 아카드의 질문에 손을 들었다.

"바로 승인하도록. 또 급한 보고 있는 사람?"

아무도 손을 들지 않았다.

"그럼 내가 마지막으로 잔소리 한마디만 하지. 모두 시키는 일만 하지 말고 설레는 일을 찾아봐. 여기서는 어느 누구도 일거리를 주지 않아."

아카드의 말 한마디가 직원들의 가슴을 두근거리게 했다. 설레는 일이라는 단어가 그들의 감성을 건드린 것이다.

"오늘 그로세 팀장처럼 내 가슴을 두근거리게 하는 프로젝트를 가져와봐. 내가 심장을 팔아서라도 지원해 줄 거야. 모두 명심하도록."

팀장 뒤에 서 있던 직원들은 신기한 표정으로 회의 장면을 견학했다.

마스터인 토마스와는 또 다른 화끈한 회의 스타일에 놀란 표정이다. 토마스가 신중하고 꼼꼼하게 살피는 것에 반해 실질적인 상단의 주인인 아카드는 완전 속전속결 형이다. 그렇다고 허술한 것은 눈을 씻고 봐도 찾을 수 없을 만큼 치밀했다.

그러면서도 직원들의 뇌리에 박히는 말 한마디로 어두웠던 직원들의 표정을 한 방에 날려버렸다.

신입 사원들은 아카드의 분위기에 압도되어 한마디라도 더 듣기 위해 뭔가를 열심히 적고 있었다

"자, 그럼 회의는 이쯤에서 마무리하도록 하지. 로우만 남고 다 나가봐."

직원들이 다 빠져나가고 로우와 단둘이 있는 시간.

고양이 걸음의 테디가 찻잔을 두 개를 들고 나타났다.

"뭐야? 나가 있으라는 말 안 들려?"

"아니. 차 한잔은 하시라고요. 몸도 안 좋아 보이시는 데."

아카드는 순간 욱 하며 뭔가를 내뱉고 싶었으나 상황이 상황인지라 손을 엄청 빨리 흔들며 테디를 내보냈다.

"지금 어떤 상황이야? 자세히 말해봐."

"공문을 살펴보니 저희 맥주를 먹고 몇몇 사람이 배탈로 쓰러졌답니다. 그것 때문에 보건복지부 요원들이 신고를 받고 들이닥쳤습니다."

"정말 맥주에 문제가 있었나?"

"아닌 것 같습니다. 문제가 있었으면 그날 출고된 맥주를 마신 모든 사람이 배탈이 나야 정상이지요."

"그럼 누구의 음모다?"

"차일드 상단이 보리와 홉 가격을 올린 것과, 보건복지부에서 긴급체포를 한 것을 볼 때 지독한 덫에 걸린 것 같습니다."

"배탈로 쓰러진 사람들은 만나 보았나?"

"네. 겉으로는 멀쩡합니다. 밥도 잘 먹고 밤마다 치료소를 빠져나와 술판을 벌이더군요."

"치료사는 뭐라고 해? 진짜 아픈 것 맞대?"

"치료사들은 확실히 아프다고 진단서까지 끊어주는데, 아무래도 한통속인 것 같습니다."

"그럼 합의도 없겠군?"

"절대 합의 따윈 없답니다. 끝장을 보겠답니다."

"그 일은 신경 쓰지 말고, 토마스는 지금 만날 수 있나?"

"긴급체포 24시간 동안에는 절대 면회 금지랍니다. 아무래도 황실을 통해야 만나 뵐 수 있을 것 같습니다."

"고생했어. 그만 나가봐. 지금부터는 내 일이니까 신경 쓰지 말고 토마스 대신 자금집행에만 신경 쓰도록 해."

"알겠습니다. 나가보겠습니다. 고문님."

아카드는 소파에 등을 기대어 잠시 천장을 바라보았다. 그의 얼굴은 하루 동안 상당히 피곤한 모습이다.

"제국은행 이놈들이 나랑 끝장을 보려고 작정한 모양이군."

*　　　*　　　*

택시 한 대가 검은 건물 앞에 멈췄다.

택시에서 내린 남자는 검은 슈트 차림으로 검은 건물을 살펴보고 있었다.

우는 아이도 멈추는 곳. 술주정뱅이도 술이 번쩍 깬다는 이곳은 정보청이다. 정보청은 황실 직속 기관으로 제국의 정보 수집을 위해 창설되었지만, 지금은 또 다른 형태의 권력집단이 되어가고 있었다.

"어떻게 오셨습니까?"

검은 갑옷을 입고 있는 경비기사가 위협적인 눈빛으로 방문자를 노려보았다.

"정보청 부청장님을 만나러 왔습니다만."

"미리 약속은 잡으셨습니까?"

"급하게 오느라 약속은 잡지 못했습니다."

"그럼 출입하실 수 없습니다. 당장 나가주십시오."

그러자 검은 슈트를 입은 남자가 고급스러운 초대장을 경비기사에게 건넸다.

"이 초대장을 부청장님께 전해주실 수 있으십니까?"

경비기사는 대수롭지 않은 표정으로 초대장을 살펴보았다. 초대장을 살펴보던 경비기사의 눈이 점점 커졌다.

"잠시만 기다려 주시겠습니까? 금방 전해드리고 오겠습니다."

방금 전과는 전혀 딴판의 말투가 경비기사 입에서 흘러

나왔다. 그는 검은 슈트의 남성을 경비실 의자로 안내하고
는 급하게 건물 안으로 들어갔다.

경비기사는 땀을 뻘뻘 흘리며 요즘 실세로 떠오르고 있
는 정보청 부청장실의 문을 똑똑 두들겼다.

*　　　*　　　*

"자네가 어쩐 일인가? 나는 자네가 나를 잊어버린 줄 알
았네."

"그럴 리가 있겠습니까? 전쟁터에서 부청장님을 만나지
못했더라면…… 지금 생각해도 끔찍합니다."

"그걸 아는 사람이 이제야 찾아오는 겐가?"

혀를 쯧쯧 차며 상대를 못마땅한 눈빛으로 바라보는 사
내는 왕실파의 실세, 차기 정보청장으로 거론되고 있는 켈
로스 남작이었다.

대륙 전쟁이 끝나고 남작에서 자작으로 작위가 올라간
켈로스 부청장은 맞은편의 앳된 청년을 바라보며 섭섭한
마음을 숨기지 않았다. 무표정의 포커페이스라고 불리는
부청장의 평소 모습을 알던 사람이라면 누구라도 놀랄 만
한 표정 변화다.

"검은 상인이라고 불러드려야 하나? 아카드 군이라고 불

러드려야 하나? 상단주님이라고 불러야 하나?"

"예전처럼 편하게 아카드라고 불러 주십시오."

검은 슈트의 청년은 아카드였다. 그는 전쟁터를 떠나기 전 켈로스 자작의 최측근인 베일 준남작을 통해 받은 초대장을 들고 청보청을 방문했다.

"그래, 이 초대장을 들고 온 것을 보면 예삿일이 아닌 것 같고. 내가 뭘 도와주면 되겠나?"

"제가 전쟁터에서도 정보 부청장님께 그런 부탁을 드린 적이 있습니까?"

"그런가? 내가 오해했군. 정보청 소식으로는 자네 상단에 사고가 터졌다고 하기에 그것 때문에 온 줄 알았지. 미안하네. 하하하."

입으로는 웃고 있지만 켈로스 부청장은 맞은편에 앉아 있는 청년의 표정을 놓치지 않았다. 그런데 아무리 봐도 아카드는 표정에서는 약점을 찾아볼 수가 없다.

'내 생각이 틀린 건가? 아니면 이 청년의 안목을 과대평가한 걸까? 지금 이러고 있을 시간이 없을 텐데?'

켈로스는 아침에 보고받은 서류 내용을 똑똑히 기억하고 있다. 처음에는 보고서를 잘못 보았나 싶어 다시 작성하도록 했다.

도저히 일어날 수 없는 일이 벌어졌기 때문이다.

제국은행과 귀족파가 한 사람을 공격하는 형세였다.

그렇지만 정보청 부청장 켈로스는 내심 기대하고 있었다. 전쟁터에서 검은 상인이라 불리며 황금을 휩쓸어버린 이 청년이라면 뭔가 수가 있을 것이라 여겼기 때문이다.

'전쟁이 끝나서 감을 잃어버린 모양이군. 어느 정도는 저항해주길 원했는데.'

켈로스는 내색은 하지 않았지만 안타깝다는 생각이 들었다. 제아무리 뛰어난 천재라도 두 세력의 합동 공격에서는 절대 살아남을 수 없었다. 설령 왕국이라고 할지라도 제국은행과 클라우스 공작의 영향력이면 충분히 산산조각 낼 수 있었다.

"제가 황실에 도움을 드릴까 하는데 생각 있으십니까?"

"음? 지금 뭐라고 했나?"

아카드의 입에서 상상도 못 할 말이 튀어나왔다. 켈로스 부청장은 눈을 크게 뜨며 아카드를 쳐다보았다.

'그러면 그렇지. 검은 상인이 이대로 당할 리가 없지.'

켈로스 부청장은 아카드 곁으로 의자를 바싹 당겼다. 아카드의 이야기를 좀 더 자세히 들어보겠다는 의미다.

"제가 알아보니 황실 직속 기관의 재정이 꽤 많이 축소된 것 같더군요. 그래서 말인데, 제가 4대 상단 중 하나를 바칠까 하는데 황제께서는 관심을 가질까요?"

"정말인가? 정말 그 일이 가능한 일인가?"

현재 제국은행과 상단을 제외한 모든 권력층들의 자금은 말라가고 있었다. 바로 제국은행에서 제의한 화폐실명제 때문이다.

현재 황실회의 안건으로 올라온 그 문제 때문에 귀족은 물론이고 황실 또한 난감한 상황에 처해 있었다. 황실이야말로 비자금의 온상이었기 때문이다.

대대로 모은 재화들이 온갖 차명 계좌로 분산되어 있는 황실이야말로 화폐실명제가 실시되면 가장 큰 타격을 받을 것이 자명했다.

그 때문에 부랴부랴 직속기관 예산도 축소하고 올해는 신입직원도 모집할 수 없는 상황이었다. 일은 늘어 가는데 있는 직원도 잘라내야 할 판이니 여기저기서 불평이 끊이지 않았다. 일의 진행도 점점 느려지는 것은 당연한 결과다.

"자네 그 말, 책임질 수 있나? 지금이라도 그 발언을 취소하면 책임을 묻지 않겠네."

"저를 그렇게 겪고도 모르십니까? 관심 없으면 일어나겠습니다."

"어허! 이 사람 보게. 그 불같은 성격은 아버지를 꼭 빼닮았네그려. 싸움은 붙이고 대화는 길게 하라는 속담도 들어보지 못했나? 자고로 중요한 대화는 길게 하는 것이 제국의 예의일세."

"새로 나온 속담인가요? 싸움은 붙이고 흥정은 말리라는 속담 아닌가요? 제가 알기에⋯⋯."

"에흠! 이 사람 까칠하기는. 요즘 새로 나온 속담일세. 그 이야기는 넘어가고, 어디까지 이야기했지?"

"그러니까 말입니다. 제 계획은 이렇습니다."

이 말을 시작으로 4대 상단 중 하나를 무너뜨릴 계획이 아카드의 입에서 쏟아져 나왔다. 켈로스 부청장은 감탄과 놀란 표정을 수시로 지으며 감탄을 쏟아내고 있었다.

30분의 시간이 지났을까?

아카드는 자리에서 일어났다.

"저는 이만 가 봐도 되겠습니까?"

"어, 그래! 내가 손님을 앞에 두고 실례가 많군. 당장 오늘 밤에 시간 어떤가? 내 황제 폐하께 바로 약속을 잡지."

"관에서 발 빠르게 대응한다면 성공의 확률은 올라가겠군요."

"그런가? 다른 사람도 아닌 검은 상인이 그렇게 말해주니 힘이 나는군. 나도 생각할 것이 있으니 멀리 나가진 않겠네."

아카드는 켈로스 부청장을 향해 잠시 고개를 숙이더니

문고리를 손으로 잡았다.

"아, 깜박한 것이 있군요. 이 계획에 제 수하의 조언이 필요한데 보건복지부에 면회 신청을 부탁드려도 되겠습니까?"

"그럼, 내 당장 처리해주지. 지금이라도 만나고 싶으면 곧장 보건복지부로 가시게. 당장 직원을 보내지."

"신경 써 주셔서 감사합니다. 이만 가보겠습니다."

아카드가 나가고 생각에 빠져 있던 켈로스 부청장의 얼굴은 최근 들어 가장 희망찬 얼굴이었다.

"그러니까 제국은행에 직접적인 타격을 주고, 원로원에는 간접적으로 명성에 타격을 준다? 역시 검은 상인이군."

켈로스 부청장은 갑자기 자리에서 일어났다. 그러고는 책상에 놓인 마법 호출기를 눌러 두 사람을 호출했다.

"지금 당장 제1국장 베인 남작과 4급 직원 하나를 내 방에 올려 보내!"

직원을 호출하는 켈로스 부청장의 목소리에 엄청난 기합이 담겨 있었다.

*   *   *

보건복지부 건물 지하에 있는 면회실.

칙칙한 회색 벽으로 사방이 가로막힌 작은 방에 아카드와 토마스가 마주 보고 있었다.

"그런데 MT는 잘 다녀오셨습니까? 제가 드린 선물은 잘 읽어 보셨구요? 그거 구하기 힘든 희귀판입니다. 저희 세계에서는 억만금을 줘도 못 구하는 소설인데……."

"계속해봐. 평생 이곳에서 썩도록 만들어 줄 거니까."

"혹시 MT에서 사고라도 났습니까? 제국은행장이 흑마법으로 클라우스 공작가 여식을 죽이려 했다는 소문이 자자합니다."

"내가 그 사고 때문에 죽을 뻔했지."

"에이, 뻥을 치셔도 정도껏 치셔야지. 마스터는 벽에 똥칠할 때까지 오래 살 거니까 걱정하지 마십시오. 전설의 악당이라도 마스터랑은 원한 관계 맺기 싫을 겁니다."

"사람 말을 안 믿네."

아카드는 MT에서 있었던 일들을 간략하게 설명했다. 자세하게는 말하지 않았지만 대략적인 큰 줄기에 대해 설명하며 현재 상단의 위기와 연결시켜 주었다.

"아예 작정을 했군요. 이 일은 절대 클라우스 공작의 허가가 나지 않고는 진행될 수 없는 사건입니다. 반드시 제국은행장과 클라우스 공작 사이에 모종의 계약을 맺었을 겁니다."

"네 생각도 그렇지? 내 생각도 그래. 그래서 말인데."

아카드는 잠시 망설이더니 한숨을 크게 내쉬며 말을 계속 이었다.

"판을 키울 생각인데. 토마스 네 생각은 어때?"

"판을 키워요? 어떻게 설계할 계획이신데요?"

"방어만 해서는 우리가 얻을 수 있는 이득이 하나도 없어. 손해 봤으면 손해 봤지."

상단을 운영하다가 구멍이 생기면 그 구멍을 메우는 데 돈과 시간을 낭비한다. 그러다 보면 앞으로 해야 할 일들이 점점 미뤄지게 되고, 치열한 상단 세계에서 정체되거나 뒤처질 수밖에 없어진다.

"그래서 황실을 끌어들일 생각이거든?"

"감당하실 자신은 있으십니까?"

"큰 그림은 그려놨는데 세부적인 조언이 필요해. 그러니까 말이지……."

아카드와 토마스의 밀담이 시작되었다. 그리고 아카드가 미처 생각하지 못했던 디테일한 부분이 토마스에 의해 완벽하게 보완되고 있었다.

*　　　*　　　*

제국은행 본점 건물 꼭대기에 위치한 제국은행장실.

"뭐? 내 아들이 죽어! 어떤 놈이야! 도대체 어떤 놈이 나 소로스의 아들을 죽였냐고!"

"대외적으로는 메디아 가문의 아카드가 죽인 것으로 되어 있습니다. 그러나 저희가 조사해 본 결과 암살자의 소행으로 판명되었습니다."

"지금 무슨 소리를 하는 거야? 암살자에게 내 자식이 왜 죽어? 어떤 놈이야! 당장 그놈 모가지 잡고 내 앞에 데려와!"

"그……것이."

부은행장은 사시나무 떨듯이 부들거렸다.

이야기를 꺼내기가 무서웠다.

은행장의 아들 루빈을 죽인 범인은 루빈 본인이 고용한 암살자였기 때문이다. 그 말을 듣고 어떤 화풀이를 할지, 부은행장의 능력으로는 감당할 자신이 없었다.

"숨기지 말고 말해! 하나라도 숨기면 평생 죽지도 살지도 못하는 좀비로 만들어 주마."

"범인은 루빈 님이 고용한 암살자입니다. 그자가 루빈 님을 배반했습니다."

"잡아 와. 지금 당장 암살자 놈 내 앞에 데려와! 그리고 아카드라고 했나? 그놈도 순만 붙여놔도 좋으니까 당장 잡아들여! 당장!"

부은행장은 황급히 은행장실을 벗어났다. 조금이라도 더 있으면 그의 마기에 잡아먹힐 것 같았다.

"루빈…… 내…… 아들…… 어디에 있……니?"

소로스 은행장의 귀기스러운 목소리가 문틈으로 흘러나왔다. 홀로 남아 있는 소로스의 눈알이 점점 검게 물들어가고 있었다. 아들을 잃은 충격에 그의 몸을 지탱하던 검은 기운이 뇌를 침범하여 폭주하기 직전이었다.

"쯧쯧. 고작 이 정도밖에 안 되는 인물이었습니까?"

소로스 은행장 뒤편에 있는 벽난로에서 회색 연기가 흘러나왔다. 연기는 은행장 방 전체를 어지럽게 회전하다가 소로스 은행장 옆에서 사람의 형태로 모여들기 시작했다.

"내 아들이 죽었다. 죽고 싶지 않으면 나불거리는 입 다 물어!"

소로스 은행장의 하얀색 손바닥이 점점 끝없는 암흑처럼 어두워지기 시작했다. 소로스 은행장은 자신 옆에 있는 인간 형상의 연기를 향해 손을 거칠게 휘둘렀다.

"화풀이를 엉뚱한 사람에게 퍼부으면 곤란하죠. 저는 어디까지나 어르신의 전령일 뿐입니다."

"지금 듣고 싶지 않다. 꺼져라!"

"오호. 어르신의 전언을 거부하시는 건가요? 후회할 텐데요?"

기묘하게도 연기는 말을 할 때마다 사람처럼 움직이며 감정 표현을 하고 있었다.

아무리 제정신이 아닌 소로스 은행장이라도 어르신의 전 언이라는 말에 더 이상 거친 행동을 하진 않았다.

"빨리 전하고 꺼져. 당장이라도 씹어버리고 싶으니까!"

"아이고, 무서워라. 그럼 전하겠습니다."

회색 연기가 갑자기 공중에서 회전하더니 형태를 재구성 하기 시작했다. 긴 머리와 날카로운 콧날, 콧수염을 재현하 며 호리호리한 몸매로 추정되는 미중년의 모습이 완성되었 다.

"나의 세 번째 자식 소로스는 듣거라."

연기의 입이 움직이자마자 은행장 소로스는 무거운 무릎 에 힘을 주어 천천히 일어났다. 그러고는 곧바로 그의 양 무릎이 바닥에 닿았다.

"어르신의 명을 받습니다."

"이번 일의 실패에 실망이 크다. 누구보다 똑똑했던 세 번째 자식이 무너지는 모습은 차마 볼 수 없구나."

"다 제 불찰입니다."

"그래서 마지막 기회를 주겠다. 이 임무를 성공하면 너 이 모든 과오를 잃음 뿐만 아니라 첫 번째 자식이 될 기회를 주겠다. 받아들이겠느냐?"

다른 사람에게는 상대방의 의중을 물어보는 인자한 말투로 보이지만 사실 명령이나 다름없다. 마지막 기회라는 말까지 했으니, 받아들이지 않으면 어르신이 나눠준 흑마법의 기운을 거두겠다는 것을 의미한다. 한마디로 목숨을 거두겠다는 사형선고나 다름없었다.

"받아들이겠습니다."

"그럼 임무를 내리겠다. 자연의 향기를 품은 아이를 찾아라. 단서는 이 하나뿐이다. 할 수 있겠는가?"

"네. 제국은행의 모든 정보망을 가동해서라도 반드시 찾아내도록 하겠습니다."

"기대하겠다."

그 말을 끝으로 회색의 연기는 벽난로 속으로 사라졌다. 동시에 소로스의 검은 눈동자도 점차 보통 사람들처럼 흰빛으로 돌아오기 시작했다.

쾅!

부은행장이 헐레벌떡 문을 열고 들어왔다.

"무슨 일인데 서두르는 건가."

"큰일 났습니다."

부은행장은 평소의 냉정한 모습으로 돌아온 은행장을 확인하고는 천천히 입을 열었다.

"황제가 아카데미를 방문해 매점에서 팔고 있는 A&M 투자상단 맥주를 직접 시음하고 있답니다."

"제법 수를 쓴 모양이군. 고작 그깟 일로 호들갑인가?"

"더 큰 일은, 제국황실 정보청에서 차일드 상단에 대한 긴급 내사에 착수했다는 정보입니다."

"그놈들이 요즘 미쳤나? 예산도 없는 마당에 무슨 내사? 내사할 인원이라도 있대?"

소로스 은행장은 부행장의 말을 비웃었다. 가뜩이나 예산도 없어서 인원 보충도 못 하는 놈들이 방대한 상단 자료를 조사한다고 하니 웃음밖에 나오지 않았다.

그때 직원 하나가 놀란 표정으로 부행장에게 다가왔다. 그러고는 종이 한 장을 내밀고는 재빨리 사라졌다.

"더 큰 일이 있습니다."

"자꾸 그러니 기대하게 되네. 편하게 말하시게."

"황제가 아카데미에서 긴급 기자회견을 열었는데…… 재무부, 농림부와 합동으로 독점거래에 관한 감사를 실시하겠답니다."

"뭐? 이것들이 미쳤나?"

이번만큼은 생각도 못 했는지 소로스 은행장이 의자에서 벌떡 일어났다.

"지금 그게 무슨 말이야?"

"황실과 원로원이 손을 잡았단 말이야? 그럴 리가 없어."

"확실합니다. 황제의 기자회견장에 클라우스 공작도 이례적으로 참석했다는 보고입니다."

"이 미친 영감이 돌았나? 밀약을 맺은 지 하루도 되지 않아 약속을 헌신짝처럼 버려? 당장 마차 대기시켜!"

"알겠습니다."

부행장이 나가고 소로스 은행장은 엄지손가락을 깨물며 이를 갈았다.

"클라우스 공작, 네 이놈! 네가 감히 나를 배신해?"

은행장실 내부는 소로스의 살기로 가득 찼다.

*　　　*　　　*

책상 위에 오래된 고서 하나가 놓여 있다.

정령 소환법.

겉표지 상단에 고대 문자 제목이 필기체로 휘갈겨 있다.

모건 백작이 노틸러스 제국에 편입하면서 황제에게 강제로 선물받은 보물이다. 이 고서가 아카드에게 전해지면서 수십 번도 더 본 책이다.

바람을 떠올리자.

주변에 불어오는 바람을 형상화한다고 생각하고 머릿속에
강력한 이미지를 떠올리자.

아카드의 몸 주변으로 바람들이 모여든다.

아카드가 떠올린 형상은 푸른 잿빛 고양이. 정령에 대해
지도해줄 사람이 없기에 무작정 바람의 정령과 잘 어울릴
것 같은 동물을 떠올렸다.

주변 바람의 기세가 맹렬하다.

마치 아카드에게 다른 이미지를 떠올리라고, 제발 다시
한 번 생각해보라고 말하는 것 같다.

아카드의 깊숙한 내면에 모여든 바람들이 머릿속에 떠올
린 형상대로 잿빛 고양이 모양으로 변한다.

고양이는 마음에 들지 않는다는 투로 자신의 몸을 이리
저리 둘러보더니 고개를 세차게 흔들었다.

'됐어! 딱이야!'

고양이의 바람과는 달리 아카드는 매우 만족했다.

아카드는 눈을 감은 채 입가에 미소를 떠올렸다.

가슴을 감싸듯 모은 두 손.

내면에 있던 고양이가 천천히 형상화되는 것이 느껴진
다.

'여기까지는 성공이야. 이제 안정시켜 볼까?'

손끝에서 신기하지만 기분 좋은 감각이 느껴진다.

머릿속에서 떠올린 형상이 점점 커진다. 고양이 털 하나 하나가 눈에 각인될 만큼 선명하다.

점점 고양이의 형상은 아카드에게 가까이 다가왔다.

아카드 머릿속 전체가 바람의 소용돌이에 휩싸인 것 같다.

방 안 전체를 에워쌀 만큼 서늘하고 기분 좋은…….

"내가 고양이라니! 고양이라니! 야! 내 모습 원래대로 돌려놔!"

엄청난 목소리와 함께 아카드는 번쩍 눈을 떴다.

〈다음 권에 계속〉